KB078494

엄마와 딸이 나눈 교감

동행

지은이 / 박현주
그린이 / 최지원

엄마의 딸이 나눈 교감
동행

초판1쇄 인쇄 | 2015년 7월 15일
초판1쇄 발행 | 2015년 7월 22일
출판등록 번호 | 제2006-38호
출판등록일 | 2006년 8월 1일
사업자등록번호 | 206-92-86713
ISBN | 978-89-94716-11-4 03810
주 소 | 138-873 서울특별시 송파구 바람드리12길 15-1(풍납동, 1층 101호)
전 화 | 02-2294-9105
팩 스 | 070-8802-6103
홈페이지 | www.MorningBooks.co.kr
E - mail | morning@morningbooks.co.kr
지은이 | 박현주
그린이 | 최지원
펴낸곳 | 아침풍경
펴낸이 | 김성규
제작 및 편집 | 그림책
표지디자인 | 그림책

엄마와 딸이 나눈 교감

동행

엄마의 딸이 나눈 교감
동행

한낮엔 무더위 때문에 지치는 날이지만
빨래를 널고 챙기는 살림쟁이 입장에선 얼마나
기분 좋은 햇살인지 모르겠습니다.
바람이 들고 나기 좋게 열어 둔 베란다 창 앞에 세워둔
건조대에서 바삭하고 뽀송하게 마른 빨래를 걷어 들여
거실에 앉아 하나하나 개키는 기분은
햇살과 바람을 수확한 듯 뿌듯하기까지 합니다.
매일 보고 눈 맞춘 아이들 것인데도
그 녀석들의 옷이며 양말을 보는 감성은
왜 이리 묘한지 모르겠습니다.

닳아버린 뒤꿈치며 구멍 난 청바지 주머니,
보풀이 생긴 셔츠의 어깨,
올이 나가서 버려야할 스타킹…
아이들 대신 녀석들의 일상을 전해주기도 하고

채워줘야 할 내 마음이 필요한 곳을 귀띔도 해줍니다.
이제는 성인이 된 아들과 까치발을 들고 준비 땅!
신호만 기다리는 십대의 딸.
테이프로 먼지를 떼고 보푸라기를 잘라내며
정리를 하고 낡은 것과 버려야할 것들을 나누면서
감사 기도를 합니다.
아이들은 오늘도 낡은 옷을 벗어내듯 저마다의 꿈을 꿉니다.
때때로 바뀌고 수정도 하지만 그래도 그 꿈이 있어
고민도 하고 화도 냅니다.
그러다 서로가 청하는 말상대가 되어 시간을 접어둔 채
두런두런 나누는 이야기와 공감이 너무 행복합니다.
길을 찾아주지는 못해도 손을 잡고 걷는 길 친구로
나를 돌아봐 주는 그 시선이 행복합니다.

두 아이와 나는, 친구입니다.

나에게 행복을 주는
세상의 모든 것들에게
감사를 드리며

엄마의 딸이 나눈 교감

동행

1부 엄마와 딸이 나눈 교감

2부 엄마라는 이름으로

3부 생활, 그 안의 울림

1부

엄마와 딸이 나눈 교감

숨쉬기

가슴 속에 바위덩이 하나가 콱 박혔는지

숨을 쉬기도 힘들었고 밥 때도 잊고 지냈다.

속에서 시커먼 것들이 스멀스멀 신물처럼 울컥거려

입 안이 온통 소태 마냥 쓰기는 왜 이리도 쓴지.

누군가에게 속내를 털어 놓기도 힘들고

막상 입을 열면 무슨 말이든 두서없이

쏟아 낼 것 같아 누르고 누른 가슴이 아프기만 했는지도 모르겠다.

가끔은 그래서 술 한 잔이 절실하다.

핑계처럼 에둘러 나를 쏟아내고 비워내는

불씨처럼 목을 타고 흐르는 알싸하고 시린 한 잔에

비틀대며 속을 게워내듯 나를 내려놓는 건지도,

그래서 답답함이든 서러움이든 조금은 비워내며

숨통을 비집어 허억, 허억… 가쁜 숨을 들이켜 가면서

아직은 살아있구나 확인하는 쉼표로 술을

마시는 것만 같다.

오늘 난 숨구멍을 찾아 숨을 들이켰다.

고마운 그녀가 내 술잔에 부딪쳐 주고

눈을 마주하며 등을 토닥이듯 고개를

끄덕였을 때 내 헛헛하고 무거운 가슴에

숨길이 열려 조금은 찬바람이 지나가고

한결 가벼워졌다.

덜어낸 내 짐을 지고 가는 그녀에게 미안해진다.

집에 다다르기 전에 칵 침을 뱉어내듯

어느 모퉁이든 던져버려 달라고 웅얼대면서

겨울보다 시린 4월의 밤 벚꽃 길을 헤헤거리며

걸어 왔다.

16 엄마와 딸이 나눈 교감 - 동행

평생 처음 큰돈을 주운 날

지하철에서 쏟아져 나오는 사람들을 보면

가끔 끓어 넘치는 냄비처럼 느껴진다.

불길에 어쩔 줄 모르고 덜그럭 거리던 뚜껑이

비명처럼 힘껏 요동치다가 밀치고 올라오는

냄비 속 뜨거운 것들에게 밀쳐져 어느 순간

우당탕 나가떨어지듯이 문이 열리면 옆구리가 툭 터져버린 것처럼

한 곳만 바라보며 쏟아지는 사람들이 똑같다.

바쁘게 움직이는 사람들을 한 발 옆에서 바라보면 참 한결같다.

열에 일곱쯤은 시선이 스마트 폰에 고정되어

그저 습관처럼 몸으로 길을 걷고 움직인다.

비슷한 각도의 목과 시선으로 계단을 오르고 기계처럼 카드를 체크하고

각자의 방향으로 출구를 향해 걷는다.

옆에 누가 걷는지, 무언가를 물어보려 말을 걸어도 이어폰에

막혀 소리 없는 맴… 맴… 맴….

오늘도 그랬다.

분명 셀 수 없는 사람 속에 휩쓸려 내렸고 걸었고 스쳤다.

내 앞으로 바쁘게 내달리고 정신없던 사람들이 있었고

나란히 비슷한 보폭도 있었는데

잠시 멈칫한 건 나뿐 이였으니까.

파르스름한 종이…인가? 했다가

어…했지만

아무도 걸음의 속도를 늦추진 않았다.

그렇게 주워 들은 꼬깃꼬깃한 만 원짜리 한 장.

주인을 찾기도 애매하고 들고 서 있기도 뻘쭘한, 하여튼

나는 평생 처음으로 큰돈을 주웠다.

잠시 고민하다 주머니 속에 넣고 집으로 오면서 쓰임새를 생각해 봤다.

동사무소에 있는 성금통도 떠오르고

네이버 콩 기부도 생각하고 간식 한 봉지도 생각하고.

만원 한 장으로 머릿속이 참 복잡해지고

그런 내가 우습고, 공돈이 나를 흔들었다.

사람들이 그렇게 오가는 길 위였는데

왜 내 차지가 되었는지…

꼬깃꼬깃한 만원으로 생각만 많아졌다.

늦은 밤 야옹 야옹

늦은 밤, 아파트 재활용 분리수거장에서

찬바람에 발을 동동거리며

며칠 만에 수북해진 바구니를 서둘러 비우는데

어디선가 들리는 애치로운 고양이 울음소리.

며칠 사이 눈도 많이 오고 바람도 시리게 찬데

배가 고픈 건지, 어디가 아픈 건지…

가늘고 애처로운 그 울음소리가 마음에 툭 걸려

도저히 집으로 들어갈 수가 없었다.

정리를 끝낸 바구니를 잠깐 경비실 아저씨께 맡겨 두고

울음소리를 따라가 봤다.

분리수거장과 맞닿은 상가 주차장인 듯싶어

슈퍼에서 미니 소시지 몇 개를 사 들고

아가야~ 야옹아 ~~

주차장을 뒤지다가 구석진 자전거보관대

뒤에서 녀석과 눈이 딱 마주쳤다.

수북수북 쌓인 눈 더미 옆 컨테이너 아래의

마른 시멘트 바닥에 앉은 녀석은 도망도 가지 않고

여전히 야옹 야옹.

소시지 껍질을 벗겨 던져줘도 힐끗

쳐다만 보고 가만히 나를 향해 다시 야옹 야옹.

그때 뒤쪽에서 또 한 녀석이 슬며시 나타나

마주 대답을 하듯 야옹 야옹.

난 안 줄거야?

그 녀석 앞에도 소시지 두 개를 던져 줬더니

도도하게 킁킁 냄새만 맡아보곤 야옹 야옹.

탐스런 털도 소복하고 윤기도 자르르한데다

어디가 아파 보이지도 않아 다행이다 싶었다.

컨테이너 한편으로 숨으면 바람도 제대로 피해가며

밤을 보낼 것 같아 안심하며

마음 편하게 후다닥 뛰는데 두 녀석의

울음소리가 딱 그친다.

둘만의 간식타임을 즐기기 시작했는지

조용해진 두 녀석.

천 원짜리 지폐 몇 장과 바꾼 녀석들의 행복한

겨울밤이었길 바라본다.

생각이 많은 밤에

하릴없이 소파에 앉아 시계 초침의 규칙적인 째깍임을

혼잣말로 따라한다.

하나, 둘, 셋… 하나, 둘, 셋…

그러다 갑자기 어둠이 싫어서 여기저기 촛불을 켰다.

빨간 컵 속에 하나, 파란 컵 속에 두 개…

그리고 커다란 향초도 하나.

촛불이 일렁이는 느낌이 따뜻하고 꿈결 같다.

하루 종일 무겁던 마음이 후~

숨 쉬어지고 좋다.

머릿속 복잡하던 숫자들, 생각들이 하나… 둘

마음 밭에

툭툭 떨어져 내린다.

성급함.

조급함.

쓸데없는 경쟁심,

허영심,

미련,

게으름,

모든 것들이 내 마음이고 내 판단이었음에도

어느 순간부턴가 까맣게 잊어버리고 있었다.

그저 원망을 쏟아내고 누군가 대신 덮어써줄 이를 찾기만 했다.

툭툭 털고 이제는 잠을 좀 잘 수가 있으려나.

촛불이 어느새 내 마음 속에 있다.

욕심을 덜어내길

나를 지켜내길

나답기를

오늘도 기도한다.

하루를 마감하는 신발정리

식구들이 다 돌아와

잠이든 밤.

현관의 신발들은 각자의 성격대로 놓여져

제 주인을 기다리고 있다.

가지런한 구두는 시어머니.

후다닥 뛰어 들어와 벗어 놓은 건지,

던져놓은 윷놀이 판의 윷가락인지 모를

정신없는 딸아이의 운동화.

느긋한 걸음걸이 그대로 한 짝씩 보폭을 두고

벗어 놓은 아들의 운동화와 나란한 복사판

남편의 구두까지

어쩌면 제 주인들과 그리도 닮았는지 모르겠다.

가끔은 어수선하다고 신경질도 내고

짜증도 내 보지만

열에 여섯 번쯤은 내 몫인 신발정리.

모두가 잠든 밤,

하나하나 짝을 맞추고 제 자리를 찾다보면

닳아버린 밑창에서 분주한 걸음걸이를 보고

먼지 쌓이고 주름 잡힌 발등에서 성실하게 보낸

하루를 느낀다.

먼지를 닦아내고, 세탁할 신발과

계절 따라 챙겨야할 신발을 가름도 하면서

이젠 내 발보다 커진 아이들 치수에 뿌듯해하며

아기였을 적 녀석들이 내 구두를 신어보듯

나도 그래 본다.

늦은 밤,

내 울타리 안으로 모두가 돌아와 있다는 따뜻함.

하루를 닫으며 느끼는 소소한 나만의 행복이다.

머리말에서

아픈 딸아이의 손을 잡고

지새운 밤.

끙끙대는 녀석의 손끝이 움찔댈 때마다

꼬옥 잡아주면 숨소리가 고르게 잦아든다.

다 커버렸구나… 싶었는데

아직도 여리디 여린 아기 같다.

이렇게 손 안에 새 한 마리 같은 녀석이

제 색깔과 모양을 만드느라

뾰족하고 날 선 모습이 낯설어

꾸중하고 혼내는

엄마가 되어버린 관계가

가슴 아프다.

하고 싶은 것들과

쏟아내고 싶은 꿈들을

눌러 버리는 책가방의 무게가

내 눈에도 보이지만

어쩌겠니…

아플 만큼 아프고

툭툭 털어내렴.

아기 새가 날아갈 하늘은

곱다곱기만 바라는 마음으로

네 머리맡을 지킬 뿐

술 한 잔을 마시다

좋다.

한 스푼 가득 떠 올려

햇살에 비추는 젤리처럼…

조금은 중심을 잃고 일렁이는 내가

그러나 나를 꼿꼿하게 세우는 내가

좋다.

촛불처럼 가볍게 감정이 드러나고

더 가벼워진 속내를 털어내며

내게 자매가 있음이

고맙다.

그녀는 동생이면서 친구이고

날선 독설을 내뱉는 어려움이지만

그 말 속에 담긴 사랑을 읽어 내기에

고마운 사람이다.

맥주를 마시고 와인 병을 비워내며

나는 또 일렁인다.

산다는 건 힘들다.

누구에게도 보이지 않으려던 모든 걸

그녀 앞에서는 무장해제한 병사처럼

내려놓는다.

피난처이고 쉴 수 있다.

그래서 좋다. 고맙다.

내게 그녀는 그늘이다.

그래서 빈 캔을 우그러뜨리며

오늘도 행복하다.

데이트

저녁시간에 딸아이와 단둘이 데이트,

각자의 이유로 비워진 시간에

슉… 슉… 슉…

김을 뿜어대는 밥솥까지

버려두고 나선 엄마와 딸.

각자 방에서 갈아입은 옷이 컬러감까지 닮았다.

자기를 따라 했냐는 말에

봄이니까 ~

샌드위치 바에 앉아 입맛대로 고르고

딸은 사과 주스, 나는 맥주 한 잔.

이어폰을 나누어 끼고

사진을 찍어 주고 톡방 대화를 낄낄대며

슬쩍 딸아이의 시간을 공유한다.

집안 식탁에서는 닫혀 버리는

보이지 않는 문이 밖에서는 봄바람 스며든 듯

빗장을 열고 곁을 내 준다.

모든 일에

엄마, 엄마 부르던 아이가

이젠

너무 자라 버렸다.

햇살 좋은 날 사라지는 무지개처럼

잡을 수 없는 난장이의 황금단지.

난 샌드위치가 아니라

시간을 먹었다.

내 아이가 자라는 순간을 한 조각.

Welcome
to
the
World

흐린 날 아침에

알람소리에 눈을 뜨고도 한참을 눈만 깜빡깜빡…

비가 내리는 창가에 서서

다른 날보다 어스름한 비 젖은 도로를

내려다 봤다.

이런 날은 모든 게 반 박자 늦다.

그러다 팬 위에 계란을 태웠고

아들의 식사도 늦었다.

뒤늦게 내놓은 딸의 도시락을

날씨만큼 구시렁거리며 닦아

속을 채웠다.

이유 없는 느림…

눈치 채지 못한 가족들이 빠져 나가고

혼자다.

시리얼 한 그릇, 커다란 잔에 잘람잘람 냉녹차,

오늘 신문, 조수미의 노래, 방석 하나…

털푸덕, 내 멋대로 앉아 느려진 반 박자를 타 본다.

가끔은 혼자의 시간이 그립다.

시작보다 느리게

큰 일하는 양 시리얼을 먹으며

신문의 광고까지 읽고

저린 다리를 바꿔 앉으며

녹차의 목 넘김을 느끼고

교양 있는 척

음악을 탄다.

내 하루의 완벽한 시작이다.

고마워

잠에서 깬 딸아이가 갑자기

다가오더니 꼬옥 끌어안고

펑펑 운다.

어깨까지 들썩이며 한참을

울면서 그치질 못한다.

꿈 꿨니?

그 말에 더 서럽게 운다.

마트에서 녀석이 우연히 들여다 본

지갑 속 신분증과 카드에 붙은

장기기증 스티커에 대해 설명을 해줬는데,

그런 상황이 꿈속에서 보였다며

무서웠단다.

다 큰 것 같은데

아직은 애기처럼

제 침대에 앉아서도

한참이나 속을 다스리는 걸 보니

웃음도 나고

기분도 좋다.

나중에 일어 날 일이고

좋은 일이고

내 뜻이니 존중해 달라고…

꿈속에서까지

나를 사랑하는 딸이 있어

너무 너무

행복한 엄마다.

계단 오르기

쉴 새 없이 그려대는 지원이의 그림들.

어느새 스토리 라인이 잡혀지고

독특한 캐릭터가 생겼다.

매일 쏟아내는 아이디어에 스스로

신나고 즐거운지 애교까지 늘었다.

자기가 좋아하는 일에서

하고 싶은 일을 하는 즐거움에서

그냥 놀이가 아닌

미래를 만나길…

소망한다.

한 쪽으로 기울어 버리는

저울의 추가 되지 않게

미래를 위해 현재의 계단을

차근차근 올라

그 즐거운 자신의 일을

평생 즐기고

살아갈 수 있도록…

오늘만큼 더 현명하길

내일만큼 성실하길

매일 기도한다.

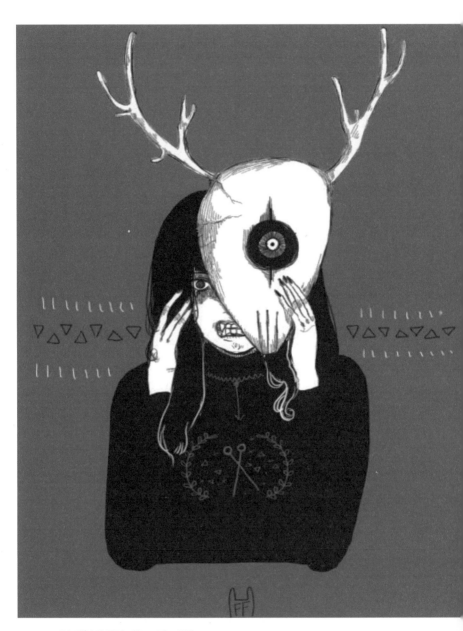

십대의 딸과

입술과 입안이 헤어져 먹지도 못하고

물만 마시는 녀석.

뭘 해줘도 고개만 살래살래

시험이 뭔지.

그림 속, 저 복잡한 선들이

하나하나 녀석의 마음들인 것만 같다.

그렇게 엉키다가

새로운 돌파구를 기도하고

끊어진 곳을 이어 가기도 하며 사는 방법을

조금씩 배워 나가길 바라본다.

지금 녀석 또래들에게

숨막히는 답답함의 대부분이

시험과 성적 그리고 친구에 관한 것들이고

어른들의 눈엔 별스럽지 않은 모든 것들이

녀석들에겐 답답함이고 숨가쁨일 터…

난 녀석이 상처 없이 자라길

바라진 않는다.

다만 현명하게 극복하고 되돌아 볼 줄 아는

그래서 같은 고민이 다가오면

현명하게 대처할 줄 아는

그런 사람이 되길 바랄뿐.

2부

엄마라는 이름으로

이 또한 지나가겠지

답답한 말다툼이었다.

분명 이성적이고 서로를 이해하는

말들이 가슴에는 있는데

순간 욱하는 마음에 생각지도 못했던

독설을 쏟아냈다.

이놈의 나이는 헛바람처럼 들었는지

나이 값도 못하는 걸 깨닫기도 전에

가슴과 머릿속이 뒤엉켜 따로 논다.

어느새 대화가 아닌

말꼬리 잡기가 되어버린 신경질은

쓸데없는 고집과 분노로 가득 찬 말들을

투석전의 돌멩이처럼 쏟아내고

내 상처만 아프다한다.

말을 뱉어내는 순간에도 후회를 하지만

알량한 자존심에 걷어 들이지도 못하고

서로 상처를 내고 흉터를 남겼다.

못났다. 참 나이 값도 못하는 내가 못났다.

저 어린 것과 이 무슨 짓거린지.

좀 더 너그러웠으면 될 것을

한 발자국 물러섰으면 됐을 것을.

뒤늦게 다시 마주 보고

뒤늦은 화해를 하며

어렵다.

엄마 노릇. 어른 노릇.

너도 그렇겠지.

딸 노릇. 어른 되기가.

녀석의 고통이 얼마나 큰지

나는 짐작만 할뿐 알지 못하고

녀석도 어른으로 살아가는

내 어깨의 짐과 버거움을

모른다.

딸. 이 또한 지나간단다.

내 고통과 고민이 가장 큰 것 같아도

살아보면 그랬지 싶고, 그랬구나 싶단다.

누구나

자신의 버거움이 숨차고 벅차지만

그 또한 마찬가지로 지나는 바람이란다.

엄마도 살면서 배운 걸, 배우는 중인 걸

어린 네게 다 이해하랄 수는 없지만

그래도 산다는 건 나를 있게 한 이들과

나로 인해 엮어질 인연,

그러면서 만나야할 이들,

어린 네가 자라 언젠가 얻을

미래에 태어날 아이들에게 그만큼

이 순간과 스스로가 소중한 이유란다.

많이 아프고

조금 더 아픈 시간이 남아 힘들겠지만

견뎌보자. 견뎌내고 보자.

세 가지의 행복

딸아이에게 물었다.

요즘 가장 행복했던 거 세 가지만 말해줄래?

한 달 만에 다시 학원 가방을 메고 나서던

아이가 날 빤히 바라본다

음, 건강이 좋아지고 있는 거.

엄마가 식구들에게 맛있는 거 해주는 거.

그리곤 머뭇머뭇.

뭔가 말하려다 피식 웃는다.

내가 대신 말할까,

너 늦잠 실컷 자고 일어나고 싶을 때

일어나는 거.

딸아이와 동시에 눈이 마주치곤 큭, 큭 웃었다.

말하려고 했지만 엄마가 뭐랄까 봐 그랬는데

ㅎㅎㅎ

실컷 자고 싶은 만큼 자다 일어나서

급하고 바쁘게 할 일이 없는 게

너무 좋아요.

건강이 나빠져서 학교생활도 제대로 못했던

아이에게 조금씩 좋아지는 건강과

늦잠이 행복이었단다.

녀석을 지켜보며

뭐든 조금이라도 더 챙겨 먹이려고

실랑이하고 툭탁거렸는데

그 짜증 속에서도 내게 감사한 마음을

갖고 있었다고 슬쩍 고백하는 딸 덕분에

픽픽 웃음이 나왔다.

저녁 기대하셔.

엄마니까

엄마니까 괜찮은 거야.

애들 생각하면 막 힘이 나고 목소리도 커진다니까.

제주 전통시장에서 찐 옥수수를 팔던 아주머니의

미소 가득한 얼굴과 호탕한 목소리가 방송이 끝나고도

한참이나 마음에 남았다.

일요일이면 꼭 챙겨보는 다큐 3일,

특별할 것도 없고 유난스럽지도 않은 그냥 어디서

본 듯한 사람들의 삶의 냄새가 풀풀 나는 방송이

너무 좋다.

낯선 어느 도시,

어느 골목과 낯선 사람들의 며칠을 들여다보며

나를 반성하고 배우며 감동한다.

뜨거운 옥수수를 척척 쟁여 쌓아가며 시장 안을

쩌렁한 목소리로 가득 채우던 그녀의 모습이

게으르고 나태한 내 뒤통수를 퍽 치고 갔다.

놓친 것들과 과거의 나를 벗어내지 못하고

지금의 내가 속상하고 짜증스럽기만 했는데

그녀를 통해 제대로 들여다 본 나는 핑계거리를 찾는

변명투성이 게으름이었고 나태함 덩어리였다.

같은 엄마인데 나는 껍데기였다.

방송이 끝나고도 한참을, 며칠을 생각이 떠나질

않았고 양파 껍질처럼 하나씩 나를 내려놓고

제대로 마주 보았다.

미안하고 부끄러운데 그러면서도 뭔가 울컥한

뜨거움에 내가 가벼워졌다.

아들에게 전할 육아 일기장

책꽂이를 정리를 하다가

아들 녀석의 육아 일기장을 꺼냈다.

항상 그 자리에 두고 꺼내 읽지만

읽을 때마다 느낌이 다르다.

몇 장을 생각 없이 읽다가

낯익은 글씨에 가슴이 또 아릿하다.

산후조리를 끝내고 비워 두었던 집을 청소하려고

아이만 친정에 두고 갔던 그 며칠 사이

아버지가 적어 주신 육아 일기들이

성품을 닮은 정갈하고 반듯한 글씨로 빼곡하게

적혀있다.

분유는 몇 번, 트림은 어떻게,

눈 맞춤을 어떤 얼굴로 했는지,

기분이 어떤지, 일광욕 시간,

세계 뉴스, 스포츠 경기 결과

신문을 잘라 스크랩도 하시고

아버지의 살가운 다정함이 가득하다.

떠나시기 전, 일 년을 평생처럼 사랑해주신

첫 손주에 대한 사랑과 마음이,

애가 애를 키우는 듯 보이는

덤벙쟁이 딸에 대한 염려가,

당신이 못다 하실 많은 것들에 대한 아쉬움들이

손에 잡힐 듯 보인다.

그런 녀석이 어느새 스물여섯 살이 되었고

지난 늦가을 군대를 마치고 어른이 되어

자기만의 세상을 준비하고 있다.

언젠가 아들이 일가를 이루는 날,

첫 번째 선물로 전해 주고픈 일기장.

나는 오늘도 사랑을 채우고 배운다.

덤

오늘도 장터가 열렸고
반갑게 눈인사부터 나누며 바구니 하나를
꽉 채우는데 십분 남짓…
주말을 지내며 텅텅 비워졌던 냉장고 속의
자리가 이제 꽉 차고 넘치게 생겼다.
향이 짙은 두릅과 통통한 표고, 콩나물과 숙주나물,
기본 중에 기본인 대파와 달큰한 노지 시금치에
아들 녀석이 좋아라하는 달래가 두 단,
살짝 데쳐서 고추장에 조물조물 무쳐내면
맛있는 비듬 나물에, 강된장 넣고 한 입 크게
쌈을 싸 먹기 좋은 먹상추,

달달 볶아 먹고 무쳐먹을 햇마늘쫑.

상큼 시원한 오이도 세 개,

크고 통통한 아삭이 고추는 세 팩.

일주일 동안의 메뉴를 가름하며 야채를 고른다.

커다란 비닐 봉투 끝까지 꺽꺽 차올랐는데도

삼만 오천 원.

마음껏 폭풍 쇼핑을 하고도 뭔가 남는

기분이 든다.

이것저것 고르고 담으면서도 쉼 없이

일주일의 안부를 묻고 웃음을 나눈다.

작은 통에 담아 건넸던 효소 고추장이 정말 맛있었다는 인사에

덤으로 찔러 줬던 곰취의

향이 너무 좋았노라 답을 했다.

오늘도 슬그머니 다가와 햇양파 한 바구니를 담아주며

아삭한 식감을 느껴보란다.

돈으로 얼마인지 보다 마음으로 나눠주는

그 손끝에 나는 뭘 나눌까?

숙제가 생겼다.

콩나물을 두툼하게 한 켜 덮어 콩나물밥을 하고

채 썬 오이를 넣은 달래 간장을 만들어

저녁상을 차렸다.

시어머니와 남편의 숟가락이 마라톤을 하는 사이

송송 썬 두릅과 표고…김치를 넣고 휘리릭 만든

봄 향기 가득한 볶음밥은 딸아이 몫.

치즈 한 장을 밥 속에 넣고 예쁜 그릇에 담았다.

파마산 치즈가루까지 솔솔 뿌려서

야채를 싫어하는 딸아이에게 봄내음 먹이기 성공.

고추장에 매콤한 비듬나물, 들기름향 가득한 숙주나물,

부드럽고 달큰한 마늘쫑 볶음까지 해놓고

햇양파와 오이를 집어 먹기 좋게 잘라 접시에

담아내고 잠시 소파에 앉았다.

배가 부른 식구들은 물러난 지 오래됐고

혼자 늦은 저녁을 먹는다.

일거리가 있으면 식사를 늦추는 습관 탓에

가족들의 눈총을 받지만 때론 혼자 먹는

느긋함이 좋다.

좋아하는 야채들을 듬뿍 꺼내놓고

잔잔하게 음악도 틀어놓고 누구보다 느릿느릿 게으른 식사를 한다.

햇양파의 달큰한 맛이 쇠비름 효소가 들어간 고추장과 너무나 잘 어울리고

맛있다.

우연한 인연이 좋고

오가는 잔잔한 마음이 좋다.

맛있는 이 식사의 답으로 나는 또 무엇을

챙겨들고

다음 장터를 찾아야할까?

수고 했어요

문 닫은 식당 앞에서

.

아이들과 즐겨가던 작은 식당 두 곳이

문을 닫았다.

익숙하게 찾아가던 곳에 (공사중) 팻말만

찬바람 속에 덩그러니 붙어 펄럭인다.

입맛이 제 각각인 두 아이와 함께 즐거운 식사를

할 수 있는 몇 안 되는 곳이었는데

경기가 나쁘다지만

두 곳이 이렇게 한꺼번에 문을 닫을 줄은…

지갑 속엔 주인 잃은 쿠폰만 도장자국 꾹꾹 눌린 채

남았다.

갈 때마다 깜빡 잊고 갔던 음료권이 두 장.

쿠폰에 도장 열개를 채우고 받은 식사권도 한 장.

이젠 끝나 버린 영화의 티켓처럼 쓸쓸하다.

손님들의 발길을 잡으려던 이런 서비스가 도리어

주인에겐 부메랑 같은 짐이 됐던 건 아닌지.

찍혀있는 도장의 개수처럼 내 아이들과 함께했던

수다스럽던 시간도 바람결에 펄럭인다.

언제나 기대이상의 깔끔함과 친절이 좋았는데

익숙한 맛도, 사람들도 잃어버린 기분이다.

단골이란 이름이 주는 따뜻함.

들어서면서 나누던 눈인사.

익숙한 주문과 안부를 나누던 순간들이

또 이렇게 사라졌다.

혼자 놀기

딸아이와 친구 녀석의 보호자로 따라나섰지만

목적지에 도착하고 보니 할 게 없다.

그들만의 시간과 공간이 내겐 잠시 쉼표.

약속 시간을 정하고 외딴 곳에서 혼자 놀기를 한다.

하릴없이 주변을 곁눈질하며 커피 한 잔을 찾았다.

이어폰을 꼽고 바쁜 척 거리의 사람들 속에 섞여

낯선 거리의 아파트와 상가들을 뒤졌다.

익숙함이 주는 편안함 대신 조금은

긴장감을 주는 이런 느낌이 왠지 나쁘진 않았다.

걷고 있던 길 반대편에 너무나 익숙한

로고의 간판 하나.

한적한 주말의 거리와는 다르게

가득 찬 테이블과 음악… 쉼 없이 뒤섞이는 목소리들.

창가에 앉아 커피 한 잔을 마신다.

레너드 코웬을 이어폰으로 만나며

눈 날리는 창가에서 마시는

차가운 커피의 시간이 나름 좋다.

목적 없이, 만나야 할 사람도, 해야 할 일도 없는

주말의 느슨한 시간이 혼자 놀기에 참 좋다.

핸폰 폴더 가득 담아 놓은

수많은 목소리들을 골라 들으며

음악에 담긴 지난 시간들을 되짚어도 보고…

샷을 추가하고 사이즈를 업한 커피잔과

주변의 소음과 산만함을 건너 뛰게 하는

이어폰 하나로 참 좋다.

딸아이는 현재의 시간을 채우고

나는 눈 내리는 거리를 바라보며

지난 시간을 줍고.

하루의 시간 위에 두 개의 또 다른

시간이 흐른다.

술친구, 인생 친구

많이 컸다… 어느새.

별스런 것도 없는 안주 쪼가리들과,

몇 개의 캔맥주 뿐이어도

새벽으로 째각이는 시간쯤은 잊고

건배를 한다.

내 속에서 나고 자랐는데

기고, 엉거주춤 일어서고, 걷고…

이젠 녀석들과 술잔을 기울인다.

내 고단한 삶에 감사하며 건배를 하고

속 아픈 삶을

조금은 가울여 내 보여준다.

산다는 건, 이런 보너스가 있어 즐거운 건가 싶다.

몇 개의 캔과 몇 병의 와인으로

어느새 친구처럼 웃는다.

내 인생과 맞닿은 녀석들이

씨실과 날실처럼 만나 만드는 이 인생살이가

드라마고 소설이다.

살아보렴. 살만하다가 풍랑도 만나고, 비바람도 만나고

봄날의 노래와 매서운 겨울의 칼바람까지.

순간이고 꿈인 걸 아는 순간

어느 결에 나는 자리를 내어준 가시고기인 걸…

그래서 고맙고 기쁜 걸…

오늘 그래서 나는 참 행복하다.

다 자랐구나

우르르 정신없이 몰려 들어와

현관에 신발더미를 수북하게 쌓던 녀석들.

냉장고가 텅텅 비어도

엄마 배고파요.

지갑을 탈탈 털어 먹여도

엄마 뭐 먹을 거 더 없어요?

금방 상을 물리고도 돌아서면 허기진 나이에

녀석들은 언제나 즐거운 먹보들이였다.

팬티바람으로도 아무렇지 않게 낄낄거리고

제 집인양 들락거리던 까까머리 녀석들이

군대를 다녀오고 복학을 하는구나 싶었는데

이제 하나… 둘 반가운 소식을 전한다.

어머니 저 취직했어요.

잘 했네. 이젠 진짜 어른이 됐구나. 축하해.

진로도 적성도 다르고 성격도 제 각각이더니

꿈꾸던 대로 알맞은 직장들을 잡았다.

어설픈 요리 솜씨를 자랑하던 녀석은

조리학과 … 취사병까지 마치고는 요리사로.

다양한 세상에 관심이 있던 녀석은 관광학과를 나와

힙합 스타일의 여행사 직원으로,

성격 좋고 생활력 강하던 공대 녀석은

소망하던 회사에 붙고는 우하하 웃는다.

좋아하고 꿈꾸던 직장 일이라면서도

조금은 힘들다 엄살을 하는 직장 초년병들의 모습이

내 눈엔 한없이 귀엽다.

어느새

제 인생의 주인이 되어 뿌리를 내리는 녀석들이

어떤 비바람에도 굳건하길 빌어 본다.

얘들아, 난 내복 대신 스카프…

극성맞은 친구

물 좋은 생선들을 손질하고 저렸다가 말리는 일부터

명절 준비의 시작이었다.

꼼꼼하게 장을 보느라 이틀이나 바빴고

하루는 주방 붙박이로 음식하고…

추석 아침상.

점심부터는 손님상.

저녁엔 이제 아들집으로 명절을 지내러

오신 엄마와 친정 식구들과 함께한 밥상.

그리고 보니 명절에 친정식구와 밥을 먹은 게 결혼하고 처음이었다.

25년 만에 처음,

맏며느리지만 나처럼 사는 사람이 또

있을까.

종종거린 며칠이 고단하고 힘들었는지

요놈에 친구가

밤늦도록 떨어지질 않는다.

시어머니까지 놀라시는데 정작 난 모르고 있었다.

거울 속에 나는 사우나 열탕에서 금방 나온 듯

피부가 울긋불긋 부풀어있다.

이젠 덤덤해지고 무뎌져버린 내가 참…

언젠가부터 찾아 와서 이젠 꾹 눌러 앉아버린 알레르기가

오히려 피곤하고 지칠 때면 쉬라고 내 등을 툭 친다.

오늘은 제법 맘먹고 찾아 왔는지 약도 듣질 않는다.

그냥 스스로 사그라지기만 바랄뿐.

토닥토닥 아기 재우듯…

그냥 그렇게 또 밤을 보내야지 싶다.

까탈스런 친구 하나둔 듯 지내라는 의사의 말처럼

아침…저녁 먹는 한 알의 약으로

쉬어가는 쉼표를 찍는다.

수고했어.

쉬어 쉬라구.

얼음 땡!

갑자기

하기 싫다···란 생각이 들었다.

아침 신문을 읽고, 착착 접다가 왜 뜬금없이

나른··· 한지.

두 애들 도시락을 싸고

아침상을 차리고

시험공부 때문에 피곤하다는 유세가

하늘을 찌르는 딸내미의 머리칼까지

뽀송하게 드라이해서 등교시켜 놓고

딸아이가 남긴 접시 위 유부초밥 두 개와

남편이 남긴 버섯 구이도 먹어 치웠는데

콱 막혀 답답한 목에 홍초도 한 잔 시원하게

벌칵벌칵 마셔댔는데도

갑자기 기운이 없다.

싱크대에 몰려들어 바글바글 쌓인 그릇들과

제 각각 자유로운 집 안의 모든 것들에게

얼음 땡! 을 외치고 게을러지고 싶다.

그냥 온전히 뒹굴 대며

누군가 초인종을 눌러도

숨죽이고 아무도 없는 척

나는

놀아야겠다.

봄볕이 너무 좋다.

엄마와 딸이 나눈 교감 - 동행

밥 먹자

어린 시절. 그 시절엔 집집마다 동냥을 다니던

사람들이 더러 있었다.

조심스레 밥 때를 지나 찾아오거나

대문에서 한걸음쯤 떨어져 서성이던 그네들을 보면

우리들은 부랴나케 엄마를 찾아 부엌으로

뛰어 들어갔고

엄마는 작은 소반이나 쟁반에 밥상을 차려

내다 주셨다.

한사코 마루 한 귀퉁이 자리도 사양하고

대문 옆이나 담 밑에서 급하게 식사를 하는

그네들에게 아버지는 물그릇을 내다 주시며

천천히 드시라고 사람 좋게 웃으셨다.

그리곤 콩깍지 속에 콩알마냥 붙어 내다보는

우리를 혼내시며 하시던 말씀은

똑같은 사람이야.

그래서인지

우리들도 당연히 그네들이 찾아오면

어른이 없어도 알아서

밥이나 쌀 한 공기를 소반에 받쳐 내갔다.

학교에 근무하신 아버지께서는

학생들에게 인기가 좋으셨고

그래서인지 언제나 드나드는 제자가 많았다.

가족끼리 둘러앉았던 단출한 식사 자리가

갑자기 와자지껄 시끄러워지기도 했고

한 솥의 밥이 모자라

부랴부랴 쌀을 씻어 새로 밥을 짓기도 하셨다.

아무리 늦은 시간에 찾아오는 이가 있어도

친구들을 잔뜩 데리고 몰려 들어가도

그다지 크게 넉넉한 살림이 아닌데도

엄마는 항상 그렇게 뭔가 먹을 걸 내주셨다.

돼지고기를 송송 썰어 넣고 끓인 김치찌개는

아버지의 늦은 밤 술상에 올라가고

막걸리로 부풀린 술빵은

미숫가루 한 컵 시원하게 곁들여 우리들 차지였다.

석유곤로 불로 공들여 구워내신 카스텔라에

친구들 앞에서 한껏 재기도 했고

단팥이 듬뿍 들어갔던 뜨끈뜨끈한 찐빵에

볼이 미어졌다.

생일에 쪄 주시던 떡들과 부른 배를 두드리면서도 손을 떼지 못하던

한 겨울의 왕만두와 수수부꾸미는

언제나 기다려지는 별미였다.

엄마는 찾아온 이에게 뭐든 내어 놓는 게

자연스러우셨고 그래야 마음 편안해하셨다.

밥은 사람을 가리지 않는 거야.

사람이 밥을 가리는 거지.

그래서일까?

나 역시도 내 집을 찾는 이들에게,

마음 맞아 정겨운 이들에게,

늘 하는 말이…

밥 먹으러 와.

그저 냉장고 열고 있는 재료로, 만들어 먹던 그대로

부글대고 구워내고 볶아 내는 게 좋다.

마주하고 밥 먹고 웃는 게 좋다.

3부

생활, 그 안의 울림

정체구간 닮은 위장

요즘은 음식이 아니라 돌멩이를 위장 안에

차곡차곡 쌓아 두는 기분이 든다.

입에선 즐겁고 반가웠던 음식이 식도를 타고

위장으로 들어서는 순간부터 으…

메슥메슥도 하고, 더부룩하기도 한데다

컥‥컥… 헛트림을 해도 시원하지도 않은 게

도통 내 뱃속인데도 가름하기가 힘이 든다.

한 부대를 삶아 먹고, 구워 먹어도 물리지 않던

옥수수 한 토막에도 빨간 경고등이 깜빡이고,

기분 좋은 콧노래를 흥얼대며 노릇노릇하게

구워 먹은 가래떡이 하루 종일 정체된 도로처럼

꽉 막혀 내려가지도 않는다.

뭔가를 맛있게 먹고 언제인지 모르게 소화를 시키고

가볍게 내 보내는 상쾌함의 삼박자가

균형감을 잃어버렸다.

음식 앞에서, 식욕 앞에서 주춤거리는

내가 낯설고 어색하고 슬프다.

나이든 어르신들이 하루 종일 꺽꺽거리던

소화불량의 전조 같아 우울하기까지…

나이 듦이야 어쩔 수 없어도 광고 속 문구처럼

씹고 뜯고 맛보고 소화도 잘 시키며 룰루랄라

살고 싶은데… 어려운 건지.

작년 여름에는 좋아하는 냉면 때문에 며칠을

그렇게 고생을 하고 겨우 달랜 뱃속인데

올해는 가래떡으로 끙끙거림을 시작했다.

좋아하고 즐기던 음식들을 하나…둘 멀리해야 하는 건 친구를

하나, 둘 떠나보내는 기분처럼 너무 허전하다.

어, 그거 좋아해. 맛있지!

어. 그거 좋아하던 건데. 맛있겠네.

비빔국수

갑자기 비빔국수가 생각났다.

소금을 살짝 집어넣고 끓인 물에

소면 한줌을 부챗살처럼 촤악 펼쳐 넣고

부그르르 끓어오를 때, 찬물 살짝 끼얹어

쫀득하고 매끈하게 삶아진 면발을

찬 물에서 비벼 빨아 탱글탱글함을 더한 뒤

물기를 쏘옥 빼고 동그랗게 빚은 듯 말아

대접에 소담히 담고 준비한 고명을 얹는다.

애호박을 송송 썰어 들기름에 볶아내고

소고기, 온갖 버섯을 볶아낸 꾸미에

계란 지단을 색색이 나누어 부치고 썰어

얹어도 맛있겠지만 지금 딱 먹고 싶은 건

언제든 뚝딱 만드는 김치 비빔국수.

송송 썬 매콤한 배추김치에다

고추장, 간장, 설탕, 참기름을 궁합 맞춰서

양념하고 조물조물 무쳐 국수 위에

멋들어지게 올려 담고,

김가루와 통깨를 축복처럼 사라락···

시계는 여덟 시가 가까운데

입 안에 가득 후릅후릅 대도록 고이는 군침이

또 나를 주방으로 잡아끈다.

어휴··· 휴···

다이어트는 우짤라고 내 머릿속은 이 모양인지.

아··· 배고프다.

밤, 밤 참

저녁식사 시간을 잘 참았는데 늦은 밤, 슬금슬금 땡기는 허전함이 문제다.

시큼새큼하고 아닥아닥 씹히는 맛이 기가 막힌

총각김치만 생각했는데도 입 안 가득

군침이 돌고 엉덩이는 벌써 소파를 떠났다.

무청이 끊어질세라 길게 쭈욱 뽑아내서

밥 한 주걱을 푸욱 퍼 담은 옆에 푸짐하게 얹고

김 통까지 챙겨서 소파 위에 올라 앉아

폼 나게 살 빼리라 다짐한 건 누구세요?

그딴 건 난 몰라. 누군데. 알게 뭐야.

잊어버리고 와구와구 먹어댔다.

무청의 시원한 맛에 캬… 감탄하며 쩝쩝거리고

김 한 장 올려 밥을 싸고 총각무를 와작와작!!

식탁도 팽개치고 케이블 방송에 시선 꽂은 채

생각 없는 아줌씨가 되어 참 맛나게 밤참을 즐겼다.

배가 봉긋 뽈록하고 빈 접시는 김치 국물에 김 가루 데코.

에구구, 우짜나…

진짜 내일부터 다이어트 할까…싶다.

날 고구마 한 개

늦은 저녁, 출출해진 속을 달래며 그냥 잘까말까

고민하다가 날고구마를 하나 깎았다.

별로 좋아하지도 않는 고구마가 갑자기 생각나

부스럭거리며 봉지를 찾고 깎으면서도

내가 변했나, 식성이 변했나싶다.

찐 고구마든 구운 고구마든 일 년에 한두 개

먹을까 말까한데 한밤중에 찾아 먹는 고구마라니.

그래도 날밤처럼 뽀득뽀득 씹히는 맛과

오랜만에 느끼는 날 고구마의 달큰한 맛에

주먹만 한 크기를 금세 먹어 치웠다

그런데 날것이라 그런 건지 이젠 속이 약해진 건지

꼭꼭 씹는다고 씹어 삼킨 고구마가 위 속에

차곡차곡 쌓이는 기분이 들더니

살살 배가 아프기까지 한다.

공연히 먹었나, 후회하는 마음과 입 안에

남은 만족스러운 끝 맛이 순간 엇갈린다.

찾지도 먹지도 않던 것들이 문득문득 떠오르는 날들이 많아지는

나이가 되었다.

도 닦는 기분

참… 어이없고 짜증이 나는 순간이었지만

꾹꾹 누르고 참으며 주차를 했다.

뭔가 이유가 있었을 테고 그럴만한 사정도 있었겠지만

그 아저씨의 짜증과 분노는 왜 유독

아이들과 여자들에게만 날이 서 있는지…

밤늦은 시간에 장을 보고 왔더니

아파트 안 상가 앞 쪽 주차장에만 남은 공간이 세 칸

구석진 양쪽에 한 칸씩 남은 공간은

소형차나 주차 솜씨가 좋은 사람들이나

댈 수 있는 자리였고 중간쯤에 남은 칸이

그나마 여유가 있어보였다.

꽤 늦은 시간인데도 아저씨가 뭔가를

치우고 계신듯해서 끝나기를 기다렸지만

힐끔힐끔 바라만 볼 뿐 비켜줄 생각은 없이

뭐라고 계속 중얼중얼.

창문을 내리고 들어보니

휴… 휴… 휴…

혼잣말 같은 욕… 대꾸도 못하게 중얼중얼…

딴 데다 대지. 청소 오래 할 꺼다.

비켜주나 봐라. 기다려 봐라.

참을 인… 가슴에 꾹꾹 새기듯 웃으며

제가 주차하기엔 저 쪽이 좁아요.

천천히 주차해도 돼요. 기다릴게요.

못 들으신 건지 허리가 아프신 건지 그 자리에서

먼 산 바라보다 뒷짐 지고 서성이던 아저씨.

주차를 끝내고 보니 후진 한 번에 이십분이 걸렸다.

트렁크에서 장바구니를 꺼내고 챙기는

모습까지 지켜보며 짜증내시던 아저씨.

늘 찌푸리고 신경질 가득한 그 분.

늦은 시간까지 문을 여는 호프집과 슈퍼에

학원들이 있어 어른들과 학생들의 왕래가 많다보니

그럴 수도 있겠다, 이해는 하면서도…

어떤 이유가 있었겠지만 벌써 두 번째인

아저씨의 짜증이 여전히 힘들다.

손 씻기

참 예쁘장하게 생긴데다 날씬한 몸매가

눈길을 끄는 아가씨였는데 뭐가 바쁜지

거울에 얼굴만 한번 비춰보더니 휙 나가 버린다.

그런 모습이 너무나 흔하고 익숙한데도

나만 적응하기 힘든 건지…

얼마 전엔 내 나이 또래의 우아한 여인을 보고

참 멋지다… 은근 감탄을 하다가

개뿔 멋은 무슨… 실망만 했었다.

쇼핑몰에서 스쳐 지나갔던 우아한 그녀가

쏴아…

물소리와 함께 화장실 문을 열고 나오더니

얼굴과 머리 스타일을 거울 앞에서 살피고

씻지도 않은 손끝으론 입술 매무새를

가다듬고 역시나 그냥 나가버렸다.

왜들 그렇게 손들을 안 씻는지...

한동안 간식거리를 사러 자주 가던

만두집도 그래서 발길을 끊었는데

모르고는 먹었어도 직접 보고는

먹을 수가 없는 주인의 위생관념이 문제였다.

주문을 하고 찜 솥 안에서 풍겨 나오는

달콤하고 구수한 냄새에 곧 맛있게 먹을

만두와 찐빵을 기대하다가

화장실을 다녀온 주인을 보는 순간 주문을

취소하고 나가고 싶은 걸 눌러 참느라

너무 힘이 들었다.

주문할 때는 보이지 않았던 주인아저씨가

시커멓게 손때가 묻은 열쇠 달린 막대를

계산대 위에 툭 던져놓고는 일을 시작했다.

입고 있던 앞치마에 두 손을 한번 비비더니

바로 만두반죽을 떼어 만두를 빚던 아저씨.

방금 화장실을 다녀왔는데도

여전히 허옇게 밀가루가 묻었던 마른 손과

들려있던 열쇠에서 눈을 뗄 수가 없었다.

다시 만두를 빚는 그 모습이 얼마나 놀랍고

어이가 없었는지 순간 내가 그 동안 뭘 먹었나 싶고

구역질이 올라왔다.

마주 보고 앉아 아무렇지 않은 듯 이야기를

건네던 안주인에게도 오만정이 떨어져서

뜨거운 만두 봉지를 가게 밖 쓰레기통에 버리고

다시는 그 가게를 찾지 않았었다.

한두 개의 덤보다 깨끗한 위생관념이

필요한 걸 그 부부는 몰랐던 걸까?

오늘도 병원 진료를 기다리다 들렸던

화장실에서 뽀송뽀송한 손끝으로 바쁘게 나가던

여인들을 보고 또 오만 생각이 들어서 중얼중얼한다.

버리고 비우고

갑자기

집안을 빈틈없이 채우고 있는 물건들의

부피감이 견딜 수 없이 답답하고 무거워졌다.

언젠가 필요할지도

버리기엔 아까우니까 잠시 ~

추억이니까 ~

온갖 꼬리표를 달고 상자며 꾸러미로

쌓이고 쌓인 물건들이 너무 많아져서

지금의 내 공간들을 밀어내는 기분이랄까.

거기다 나이 탓, 건강 탓만 하는 게으름도 일조를 했고.

날이 추워지면 핑계만 늘어날 것 같아서

쑤시고 시린 손끝을 달래가며

아낌없이 과감한 정리를 시작했다.

분리수거용, 나눠주기용.

책들과 옷들이며 주방용품과 화초들까지

정말 아낌없이 볕 좋은 날에 이불을 팡팡

털어내듯 비워내고, 비워내고…

이사 가세요?

며칠 동안 쉴 새 없이 끙끙대며 물건들을

실어 나르고 버리는 모습에 경비아저씨들까지

너무 큰 대청소라며 놀라셨다.

계절이 바뀔 때마다 정작 필요한 건

그다지 많지 않은데도 너무나 많은 것들을

쌓아 두고 살았다.

두고도 잊은 채 또 사들이고 쌓아두고

어디에 두었는지 몰라 꺼내지도 못한

물건이며 옷들도 많고…

서랍 하나를 열거나, 옷장 문을 열면서

스스로에게 물어본다.

어디까지 비워낼 거니?

얼만큼 자신 있니?

때론 미련에 머뭇거리는 손과 마음이

이건 생각을 좀… 하는 변명으로 바뀔까봐

커다란 상자 하나를 이유라는 이름으로

끌고 다니며 담아보지만 결국엔 정리가

답이란 걸 좀 늦게 알뿐이다.

집안 구석구석을 비워내고 정리하며 마음은

부자가 되어간다.

여유로운 공간이 주는 편안함과 안정감이

너무 좋다.

조금은 너무 비워진 듯한 허전함까지도

너무 좋다.

일요일,

마지막까지 미루고 미뤄두었던

대형 황토 화분들을 일층으로 옮겨

일렬로 줄을 맞춰 놓았다.

"새 주인을 기다립니다. 마음에 드신다면 잘 부탁드립니다.

삼십오 년을 키운 군자란입니다."

봄이면 짙은 주홍빛 꽃들이 흐드러지게

피어나는 특대품 군자란 황토 화분이 두 개.

"사랑초 구근이 가득 들어있습니다.

하얗고 귀여운 꽃이 일 년 내내 피어납니다.

열흘정도면 더 풍성한 잎을 만나실 거예요."

요즘은 귀한 국산 수제 조각 화분에 담긴

이십사 년을 함께했던 사랑초 구근들.

"사철 푸르고 멋진 거미고사리입니다.

십오 년을 공들여 키운 녀석입니다."

거미 다리를 닮은 줄기가 황토 토기를

휘휘 휘감고 내려와 시간을 보여주는

거미고사리.

화분마다

이름표와 부탁의 말들을 커다란 카드로

만들어 하나씩 붙여 두고도 미안한 마음에

한참을 머뭇거리다가 데려가는 사람들이

없으면 다시 가져오려고 했는데

잠깐 사이에 새 주인들을 만나 떠나고 텅 빈 자리만 남았다.

비워진 자리를 싹싹 물청소하시는

경비아저씨의 빗자루 소리만큼 마음이

허전한 듯 가볍다.

늙지 마라

아프다.

늙는구나.

말하는 친구들이 나만 같아 슬프다.

거울 속 나 같은 그네들이 말하는

내 모습 같아… 가슴이 무너진다.

아프지 말고

늙지도 말고

그냥 오늘 같은 내일을 보내며

웃기를 바라는 욕심 아닌 욕심.

젊음이 덧없는 게 아니라

바라는 마음이 그러한 것을

친구의 얼굴에서 찾은 주름의 개수가

내 주름인 것을.

오늘도

내일도

웃느라 지는 주름을 찾는

그런 얼굴로 세월을 맞고 싶다.

밀가루, 슬픈 이름

며칠째 속이 아프다.

더부룩하고 뭉치고 답답하고…

도무지 기운이 없다.

아들 녀석이 맛있게 먹던 비빔면을 보는 순간

그 빨갛고 윤기가 도는 면발에 군침이 돌아

덩달아 한 그릇 싹싹 비워내고 기분이 좋았었는데

웬일인지 그만 체하고 말았다.

끙끙… 물만 마셔가며 뒤틀리고 꼬이는,

기분 나쁜 현기증으로 꼬박 하루를

고생하고서야

조금은 살았구나 싶었는데,

정말 아무 생각 없이 사람들과 어울려

웃고 떠들다 냉면을 먹고 말았다.

며칠은 조심해야지… 했던 다짐까지

새카맣게 잊어버리고

메뉴를 정하고 주문하고서야

아차!! 했지만 입맛을 다셔가며

한입 크게 집어 먹으면서

설마… 했는데 다시 반복된 체기…

탄산수를 마시고 약을 먹고도 이틀이나 애를 먹인다.

밀가루로 만든 건 뭐든 좋았는데,

아무리 먹어도 질리지를 않았는데

이젠 속에서 받아주질 않는 나이가 되었나 싶어

에구구… 속이 상한다.

쫀득한 치즈와 토핑이 듬뿍 올려진 피자와

무한정 빠져드는 모든 종류의 매력만점 파스타들.

달콤한 동화나라를 꿈꾸게 하는 빵과 케이크들.

매콤, 새콤한 비빔국수와 개운한 해물 칼국수.

매끈매끈한 목 넘김에 쫀득한 수제비

직접 밀어서 뽑은 도톰한 면발에

차갑게 부은 고소한 콩국.

가쯔오부시 진한 국물에 풍덩 빠진 오동통한 우동.

뜨끈한 멸치육수에 소담스런 꾸미를 올려

멋을 낸 잔치 국수.

톡 쏘는 겨자에 새콤한 식초가 어울려

코끝이 찡한 살얼음 동동 뜬 냉면과

마음 맞는 친구들과 우르르 몰려가

폭풍 수다를 떨며 비벼대던 학창 시절을

간직한 새빨간 쫄면

냄새에 이끌려 한 봉지 사 들고

머리부터~ 꼬리부터~ 취향대로 먹어대는 붕어빵.

두 남자 사이에서 고민하듯 언제나 갈등하게 하는

마성의 짜장면과 불멸의 짬뽕.

이제는 한 발자국 뒤로 물러설 메뉴가 되었나 싶다.

그래서 나이 드는 게 서럽다. 슬프다.

월요 장터

월요일엔 마음이 푸근하고 넉넉해진다.

아파트 막다른 주차장 한편에

눈에 익은 천막들이 너울너울 바람을 탄다.

금방 뽑아내고 따낸 밭 냄새···들 냄새가

그대로 묻은 야채며 탐스런 과일이

축제의 탑처럼 높다랗다.

얼음을 켜켜이 가득 채워 올린

스티로폼 상자 속

생선들의 반짝이는 비늘과

비릿한 냄새가 푸른 바다를 닮았다.

맛보라고 건네는 잘 익은 과일 한 쪽으로

일주일의 안부를 묻고 맛있다는 말로 답을 한다.

매콤한 떡볶이 냄새 폴폴 풍겨나는

분식 천막엔 만두며 순대··꼬치··튀김이

노천 뷔페를 차렸다.

장을 보러 나선 길에, 묵끈한 손으로 돌아가던 길에,

참새 방앗간처럼 웃는 얼굴들이 모여 들어

커피잔 대신 어묵 국물 한 컵을 받아 들고

발길을 멈춰 쉬어 간다.

박스를 뜯고 쏟아내는 푸성귀에 눈과 코가 향긋하다.

제철 야채들을 고르고 담다보면

어느새 장바구니 가득 봄이 넘친다.

곰취, 방풍, 취, 돌미나리, 톳, 하루나.

봄동, 풋마늘, 파래, 풋고사리, 두릅···

요즘엔 양푼에 쓱쓱 비벼먹는 나물 비빔밥이 너무 맛있다.

풋고추도 몇 개 툭툭 썰어 넣고 냉장고에서 입맛대로 꺼낸 나물을 얹어

고추장 한 숟갈에 들기름 둘러 쓱쓱

비벼 먹다보면 숟가락은 금세 바닥을 벅벅 긁는다.

일주일 중에 월요일에서 목요일까지

누리는 호사스럽고 입맛 나는 밥상차림은 온전히 장터에서 온다.

비워지는 냉장고를 가늠하며 주말을 지내고

다시 장바구니를 채우는 즐거움.

대형마트에서 누릴 수 없는 정겨움에

슬며시 나누는 단골만의 덤과 에누리까지.

맛봐. 요건 새로 나온 거야. 된장에 조물거려 봐.

야채장의 안주인이 건네는 건 정이다.

가끔 집에서 담근 고추장이며

기름이 자르르 도는 굴비 몇 마리를 슬쩍 건네면서

이젠 손님과 주인이 아니라

눈짓으로 웃는 사이가 됐다.

바구니를 채우고 두 손이 묵직해져도

말도 못하게 푸짐하고 저렴한 장터의 매력에

언제나 월요일이 즐겁다.

무관심은 아프다

한 동안 축축 처지고 엉클어지기만 하는 기분에

아무것도 하고 싶지가 않았다.

습관처럼 TV만 멍하니 바라보다

프라이팬 안에서

누글누글 퍼지고 구워지는 인절미마냥

하릴없이 시간을 보냈다.

새벽에 부스스 일어나

툭 던져지는 신문 소리를 듣고

밥을 하고 도시락을 싸고 등교하고 출근하는

순서대로 아침상을 차려주고

세탁기를 돌리고 널고 걷고 개고…

청소하고 차우고

반복하는 일들 속에서 감각이 퇴화되어 버린 기분.

김장도 끝내고… 모든 게 더 더욱 시들하고.

환기를 시키려고 베란다에 나갔다가

시들한 녀석들의 힘없는 잎들을 보고야… 나를 봤다.

흑법사 화분 두 개에

진디가 다닥다닥 껴있다.

어지간해서는 병들지 않는 녀석들에게

비듬처럼 내려앉은 진디들.

내 게으름이 무관심이 그대로 보인다.

습관처럼

또 먹었다.

낮 시간을 잘 보내놓고는

어두운 주방 식탁에 앉아

초코 소라빵 두 개를 어제 저녁에 남겼던 족발을

맛없어… 배부른데… 하면서 먹어 버렸다.

불쾌한 부담감과 짜증만 남았는데도

또 먹었다.

스트레스가 부르는 헛헛함에

또 졌다.

쉼표 찍는 마음

엇박자로 쿵쿵대는 마음으로

봐도 모르는 차트가 가득한

모니터를 앞에 두고

뭐라 뭐라…

그래도 귀에 쏙쏙 들어오는 소리가 있다.

당장은… 막혀있고… 통증이

지켜보면서… 검사를…

다행히… 하지만… 원인을… 우선은…

사실 내 몸을, 내 돈 내고 검사하고

응당 받아야할 의료서비스를 받는 건데도

대뜸 입에서 튀어 나오는 말은… 감사합니다.

그의 능력으로 그런 결과를 만든 게 아닌데도

꾸뻑 인사를 했다.

두 달 남짓한 사이에 많은 생각과 고민을 했었다.

우습게도 죽음이 두려우면서도 더 두려웠던 건

남겨질 내 아이들에게

더 이상 뭔가를 해 줄 수가 없을 거란 두려움과

내 부재가 더 큰 상심일 나이 드신 친정 엄마에 대한 걱정이었다.

그리고 남편… 형제들… 시어머니… 내 화분들…

두고 가는 것들과 잊혀질 것들 속에 뭘 넣어야하고

빼야 하는지…

생각의 얼개가 꼬이고 엉키는 날들이었다.

정기적으로 체크하고

통증의 강도와 상태를 메모하면서

혹시를 대비한다는 것도 이젠 즐거운 숙제다.

지금 당장이 아닌 것만으로도

덤으로 받아든 듯 감사하다.

커피 욕심

피곤해서,

좋아서,

그냥…

하루 종일 마신 커피의 찌꺼기처럼

잠을 잘 수가 없다.

그 놈의 욕심과 습관 때문에

새벽인데도 도통 잠들 수가 없으니.

마지막 잔을 마시는 게 아니었는데…

온 종일 습관처럼 마신 커피가 너무 많았다.

하루를 시작하면서, 갈증이 나서,

들르는 곳마다 커피가 있어서

그렇게 마신 탓에 오후부터 속이 불편했다.

오늘은 정말 그만 마셔야지 했는데

바로 눈앞에서 핸드드립으로 향기롭게 뽑아내는 커피. 그 향기에

정중히 거절했던 말의 여운이 사라지기도 전에

그 잔 제가 마실게요.

결국 깊고 새큼한 듯 부드러운 풍미가 너무 행복했던

그 진한 커피가

이 밤을 두 눈만 깜빡이게 한다.

올이 풀리듯

성글게 짠 스웨터 자락의 실이

풀린 줄도 모르는 사이 구멍이 생기듯,

내게도 툭툭 끊어진 올들이 생겼다.

올이 한 줄 늘어지면 손끝으로 비벼

제 구멍에 밀어 넣으면 되지만

여기저기 자꾸 늘어지고 끊어져 버리면

낡은 옷을 버리던지

바늘을 찾아 들고 꿰매야 하는데…

그게 내 몸이고 보니 조금은 심란한 날들이었다.

아무렇지 않은 듯 웃으면서도 마음속은

이런저런 궁리를 하느라 바빠,

만약에, 혹시…

막연한 두려움을 느끼며 아무도 모르게

내 나이와 남은 삶들과 남겨질 모든 것들에 대해

하나하나 생각하다보니…

나이를 헛먹었구나 싶기만 하고.

여기저기 병원을 예약하고,

결과가 나올 때까지 귓가엔 째깍째깍

초침 소리가 들리고 한꺼번에 고장 난 몸이 내게 소리를 지른다.

무던한 건 바보짓이었다는 반성을 하고

이젠 부속을 구할 수 없는 가전제품 같은 기분에 우울해 하면서

시간들을 보냈다.

고장 난 곳들을 하나하나 챙기고 토닥이면서

오늘을 감사하고 내일을 기대한다.

금요일에 남은 검사만 잘 지나 간다면

후… 할 텐데.

그래 잘 지나갈 거야.

아직은 낡았지만 입을 만한 옷일 거야.

4월의 이별

4월 10일 새벽 한 시…

빈 의자가 외롭습니다.

수많은 기도와 눈물, 탄식이 빈자리를 맴돌아 주인을 찾습니다.

힘겹게 일분, 일초를 견디고 싸우는 친구에게

다른 종교와 믿음이어도 기도밖에는 줄게 없는

지금의 순간이 마음 아플 뿐입니다.

두 딸을 끔찍하게 사랑하고,

치열하게 살아온 삶을 알기에

악착같이 자리를 털고 일어나길 기도하고 기도합니다.

오늘 밤, 한 번의 기적이 일어난다면

제 친구의 숨결에서 그 빛이 찬란하길 바라봅니다.

4월 10일 아침…

아무 소식 없이 아침입니다.

친구에게도 아침입니다.

긴 밤, 고통의 고비를 견디어 낸 친구의 아침입니다.

기계음과 그래프로 자신의 존재를 증명하면서도

친구에게 아침입니다.

이 아침,

수많은 움직임들이

친구의 혈관 속 맥박이 되고,

살아 움직이는 이들의 소음이

친구의 호흡이 되길 기도합니다.

4월 11일…

웬일인지

봄비가 무겁게 느껴지고 춥기만 합니다.

깊은 잠을 들지 못한 채 밤을 보냈습니다.

하루가 새로움을 감사해야 하는데

안개처럼 세상을 감싸 안은

새벽 빗속으로

친구는 먼 길을 떠났습니다.

활달하던 웃음과 카랑하던 목소리대신

봄비 속에 개나리 벚꽃을 길동무 삼아

뭐가 그리 바쁜지 휘적휘적 떠났습니다.

사는 게 바빠 자주 못 본 얼굴이 그립고,

지난 시간 함께 했던 이야기만

번져가는 물감처럼

가슴에 남습니다.

4월 12일…

술을 마셨습니다.

술에 취한건지 감정에 취한건지…

취했습니다.

친구는 봄꽃 가득한 꽃밭에서 활짝 웃으며

저를 봅니다.

뭐하니… 봄이야…

말을 걸어옵니다.

저 사진이 영정 사진이 될 줄 지난 계절에

친구는 알았을까요?

순간순간이 감사하고 고마운 것을 숨 쉬는

공기의 무게만큼도 모르고 산 못난 나였습니다.

늘 곁에 있을 거라 의심 없던 사람들을 잃어야

정신이 퍼뜩 듭니다.

어리석고 어리석기 짝이 없습니다.

알코올은 혈관을 따라 흐르고 흘러

나를 삼켜버렸습니다.

짜증도 내고 미워도 하고 웃기도 하고 함께한 모든 것들이

참 우습게도 낡은 사진첩 사진 한 장처럼 기억에만 남았습니다.

이런 기억들을 거두고 사는 게

나이 듦에 시작인가 봅니다.

4월 14일…

던져 놓은 나무토막 같이 잠을 잤습니다.

아무 생각 없이 꿈도 꾸지 않고 그냥 잠을 잤습니다.

수면 아래 깊은 곳에

잊혀진 돌덩이 하나처럼 잠을 잤습니다.

알람소리에 깨어나 습관처럼 밥솥에

취사 버튼을 누르고 반찬 걱정을 했습니다.

아이를 몇 시에 깨울까 생각하며 하루를 시작합니다.

잠들기 전에 현관정리를 하지 않아

던져 놓은 윷놀이 판 같은 신발들이 어지럽습니다.

오늘 아침은 그마저도 감사합니다.

활기 있어 보이고 바빠 보입니다.

관점의 차이 하나로 이렇게 마음이 편안합니다.

이젠 좀 편안한 마음으로 살아볼까 합니다.

어디 한 곳쯤 비우고 바람도 통하고

소리도 들리게 살려고 합니다.

가슴에 돌쌓기

눈을 뜰 수가 없다.

한 코, 한 코 바느질하듯
코를 잡아 뜨고 엮어 온 그물에
만선의 기원을 담아 추를 달았는데

바다에 뿌려진 그 그물에 내가 잡혔다.

무엇을 잡으려 했는지
어떻게 살 것인지
욕심이 지나쳐 발목을 조인다.
내가 꿰어 온 코에 숨통이 조여 온다.

만선 대신 통곡을 건다.

내가 살아온 날들이 씨실과 날실로 만나

욕심을 추로 매단 채

나는 삶속에 헛된 투망질을 해 왔다.

사월에 내리는 눈

화라락…

스쳐 지나가는 바람에도

펄럭이는 창가의 얇디얇은 커튼자락처럼

눈이 내린다.

한기에 몸 시린 이도 없고

외로워 더 지치지도 않게

바람결에 춤추듯 환한 미소처럼

눈이 내린다.

동네를 한 바퀴 돌다가 숨이 차올라 앉은 벤치에

친구처럼 다가 와

발등에 몇 마디 안부 전하고는

바람 따라 날아오른다.

어린 날 꿈꾸던, 수많은 밤을 찾아 헤매던

메어리포핀스처럼.

사월에 눈이 내리면 누구나 웃는다.

구석지고 응달진 곳에 더 소복소복 쌓인

꽃잎 눈.

꽃무리가 땅위에 이사 온 듯

레이스 자락처럼 펼쳐져서

누구나 발 시리지 않게 밟아 보라 한다.

계절을 온전히 내어 보내라며

눈이 내린다.

사람답게 사는 법.

내 것을 다 털어내도 아름다울 수 있음을.

연어, 미용실 의자에 앉아

미용실 거울 앞 여자들은

환한 조명 아래 자신을 본다.

피하지도 못하고

거울과 딱 붙어 마주 보는 의자에 앉아.

파마롯트에 바짝 말려지거나,

가위질대로 쏟아져 내리거나,

젖은 머리로 순서를 기다리거나,

피할 곳이 없다.

감추고 싶은 주름도

들떠 버린 화장도

빈 곳이 훤히 드러나 보이는 머릿속도

고스란히 내 것임을…

잘라 버리는 머리칼과 독하고 뜨거운 모든 것들로

시간을 거슬러 올라가는

연어가 되려한다.

내 손재주가 아닌 손끝으로 잠시 꾸는 꿈.

화장대를 채우는 것들과 덧칠하듯 쇼핑하는 옷들로도

연어는 고향을 찾진 못한다.

줄 맞춰 앉은 그녀들이 미용실 거울 앞에서

꾸는 꿈은 그래서 똑같을지도 모르겠다.

주르륵 앉아 지지고 볶고 자르고

곁눈질하거나 잡지를 팔랑거리면서

미용사와 수다 한판.

그래도 비 오는 날… 커트하고 장보고

조금은 비설겆이를 한 듯…

강쥐도 예쁘게 미용하고

둘이 보낸 하루… 굿뜨데이!!

막 쓰기

그냥 써 봐요. 쏟아 내라고요

초면의 그녀는 날 닮았다.

다만 나와는 다른

용기와 추진력을 가진 열정덩어리.

반짝반짝 빛나는

그녀의 그 말이 가슴에 푸욱 박혀왔다.

쏟아 내기

그동안 난 머릿속으로만 상상하고 고리들을 연결하고
고민하며 힘들어했다.
종이 위에선 답답하고
컴퓨터는 익숙하지 않은
내 두 손과 머리 앞에 짜증만 났다.
그런데 그녀가 말을 던진다.
초면에 그녀는 뭘 본걸까?

그런데 막혔던 하수구를 뚫어버린 듯이
그 말이 시원하다.
컴퓨터보다 내 손에 익숙한 스마트폰으로
블로그에 비공개로 펴내기를 하기로 맘을 먹고 보니
… 퍼즐처럼 생각나는 대로 써대기부터 하는
이 무식하고 두서없는 글 질이 재밌다.

숙제에서 고민에서 한발 빠져나온 기분이다.

부산, 그곳엔 참 매력적인 그녀가 산다.

촛불 켜기

날이 꾸물꾸물 비 소식을 전하거나,

너무 맑고 청명해서
온 집안으로 바람을 맞아들일 때도,

음식을 만들던, 씻어대던
냄비며 프라이팬을 덜그럭거릴 때도,

하루 일과가
현관 정리, 거실 청소로 마무리될 때도,

늘 초를 켠다.

그때그때의 기분에 맞춰

향을 고르고 촛대를 고르다보면

마음이 평안해진다.

답답하고 막혀버린 날에는

춤추듯 하늘거리는

촛불을 바라보는 것만으로도

긴 한숨 한 자락 내뱉게 되고

가슴 언저리 누르던 돌 하나를 치운다.

팔랑대는 종잇장 마냥

한쪽 발끝이 들린 날에는

촛불과 마주하고

그만, 그만… 두 발 디디고 서라 혼잣말을 한다.

제 한 몸 뜨겁게 불사르면서

비명일지 춤사위일지

네가 판단하라는 듯도 하고

그냥 바라봐 줘서 기쁘다는 듯도 하고.

촛불 하나 밝히고

나는 참 잘도 논다.

마음 나누기

하루하루

나이가 들어가는 날들에

감사함을 느끼는 순간들…

손가락 위에 반짝이는

반지보다

날 마주 보는

내 맘 같은 이를 알아갈 때.

딱히 뭔가를 하지 않아도

그냥 거기에 있어 주기만 해도,

나누는 마음만으로도 든든한 내 편들.

어깨 한 번 툭툭 쳐주면…

눈짓 한 번이면…

그래… 그래…

가슴 짓누르던 서러움 한 조각.

고단하고 분주한 나날의 찌꺼기들이.

그저 그런 마음의 헝클어짐 들이.

뜨끈한 국물 한 그릇 마신 듯

속이 든든해지는 내 편들.

언제나

늘 그렇게

살아가고 싶은 사람들.

그들이 그러하듯 나 또한 그러할 수 있기를…

그대들의 이름은 또 다른 나.

마음을 나누고

마주 보며 지내 오는 사이…

어느새

물들어가듯 닮아버린 얼굴들.

딱히 뭔가를 하지 않아도

긴 말을 나누지 않아도

그 속이 내 속 인양

산다는 게 즐거움인 건 이런 인연의 고리를 찾는 게 아닐까?

술 한 잔 나누고 헛웃음 한 번 나누고

툭툭 쳐주는 어깻짓 하나에

그냥 기운이 난다.

진통제 몇 알보다 효과가 좋은 이네들이

참 좋아 죽겠는 밤이다.

허리를 삐끗 !!

어제 저녁, 오른쪽 등 아래, 허리 뒤쪽으로
무언가 투둑… 끊어지듯 순간 통증이 왔다.

숨이 헉… 막혀 잠시 멍하니 누워
더위 먹은 강아지처럼 숨만 몰아쉬다 보니

슬프다. 일상의 소소한 행동들일 뿐인데
되돌아오는 부메랑처럼 툭…툭
그럴 때마다 놀라고 주저앉는 내가
낯설지가 않다는 게

슬프다.
시간 속에 천천히 녹이 슬어 가는
내가 보인다.

거울 속엔 마음과 다른 내 모습이

마주 보고 있다는 게

슬프다.

월요일 아침을 취사 버튼 하나만 겨우 누른 채

침대에 다시 누워

헉헉 숨만 몰아 쉬다보니

아침밥을 각자 챙겨 먹고 나서게 만들었다.

오전을 보내고 오후가 되어서야 겨우

약 기운으로나마 힘이 들어가는 몸이

… 그래도 고맙다.

이 봄날이 슬프고 고맙고

난 하루를 그렇게 보냈다.

봄비 때문이야

봄비는 시간을 피해

마트에서 장을 보고 나서는 길.

주차장을 빠져 나오는 순간

앞 유리창에 똑똑 노크하듯 떨어지는

빗방울… 들.

며칠 사이 내린 비인데도

느낌이 너무 다르다.

춥다고 넣어두려던 파카를 다시 입게 하던

며칠 전 비와는 달라도 너무 다른

갑자기 산뜻해지는 느낌.

씽긋 입 꼬리를 올리는 장난 가득한 웃음처럼

봄비가 차창에 인사말을 남겼다.

차를 두드리는 빗소리가 신나서

오랜만에 라디오를 크게 켜고 신나라한다.

집에선 원하는 음량으로 음악을 틀 수 없고

차에서도 주변의 눈치가 보이는데 이렇게 비가 오고 어두워지는 저녁이니

좀 크게 틀어도 뭐랄 사람이 없을 듯 하기에

정말 오랜만에 귀가 뻥 뚫리게 음량을 높였다.

가슴도 뻥 뚫린다. 크게 심호흡하면서

내뱉는 공기의 맛이 다르다.

한적한 호숫가에 둥지를 틀고 이사 간

후배의 말이 새삼스럽다.

스트레스를 받다가 집에 돌아오면

음악이라도 맘껏 듣고 싶었던 것도

여기로 온 이유 중에 하나예요.

맞다. 내 맘대로…

먼 곳의 말처럼 느껴진다.

아이들은 부모가 모든 걸 맘대로 한다고 하고

부모 눈엔 아이들이 그런 것 같고

살아보렴.

내 맘대로 하는 건

스피커 볼륨 하나도 제대로 못 할 때가

얼마나 많은지.

트렁크엔 반찬거리에 청소용 세제들을 가득 채우고

나는 잠시 딴 곳에 있다.

봄비가 좋다.

아지랑이가 아른아른

식구들이 빠져나간 집은
철이 지나간
텅 빈 해수욕장 같다.

방마다 벗어 놓은 옷들,
뭉개진 이불과 아무렇게나 자리 잡은 베개,
싱크대에 수북한 씻어야할 것들,
사람만 빠져나가고 체취와 치워야할 숙제만
내 차지다.

새벽부터 종종거린 보람도 없이 남겨진 반찬과
밥그릇 가장자리에 붙은 밥풀처럼
빈집에 나 혼자다.

손가는 대로 마음 내키는 대로

음반 한 장 고르고

볼륨은 이웃에 피해가 가지 않을 만큼‥만.

커다란 유리잔에 인스턴트 가루커피를 쏟아 붓고

정수기에서 찬물 버튼을 누른다.

환기하느라 열어둔 창문 밖이 순간 일렁인다.

어…

친구처럼 어느 결에 찾아 온 노안 탓인가

비비대며 껌뻑이다보니

아련한 숨결 같은

아지랑이다.

봄날의 현기증.

괜스레 기분이 좋아진다.

나 혼자 동전 하나 주어든 듯

누구에게나 오는 봄을 혼자만

먼저 본 것 같아…

모든 일들은 잠시 미뤄둔 채

날 찾아 온 손님과 창문 하나를 두고

눈 맞춰 본다.

어쩌다 보니

날이 너무 좋아 환기를 시키려고
창을 모두 열어 놓고 보니
겨울동안 베란다로 내 몰린 것들이
뒤엉켜 정신이 없다.

아까워서…
쓸 일이 생길까…
잠깐만하고…
미뤄둔 채 쌓아 놓은 그대로
수북하다.

어깨가 아프니까…
날이 좀 풀리면…

눈길이 자꾸만 간다.

오늘은 딱 한 군데만 하는 걸로

마음잡고 덤볐는데

스멀스멀 후회가 밀려온다.

내 시간아… 기억이 머문 것들에게

눌러버린 기분.

털어 내고 정리하는 순간이

그래서 개운하고 시원섭섭한지도

모르겠다.

뻐근한 어깨와 먼지 묻은 바지로

하루가 다 갔다.

도시의 파도소리

깊은 밤,

창밖으로 들리는 차들의 소리는

파도 소리 같다.

먼 곳으로 달려가는

쉼 없는 포말의 부서짐 같은 소리를 남긴다.

길 위에 사람들은 자신도 모르게

시간의 파편과 분주함을,

이야기를 남긴다.

서로를 내 보이는 환한 빛 속에서는

들리지 않던 그 모든 것들이

밤이 되면

거리를 달리는 파도가 된다.

모든 것들이

그렇게 부서지고 날려 버려지는 시간이 있어

우리는 다시 내일을 달릴 수 있는 건 아닌지…

모르겠다.

소망하며 꿈꾸는 날

내가… 이 세상을 떠난다면 봄이었으면 좋겠습니다.

세상이 깨어나 새잎을 틔우고 꽃잎을 피워 내는 날,

더불어 화사한양 여린 꽃잎 뒤에 날 감추고

웃으며 떠날 수 있게…

내가… 이 세상을 떠난다면 여름이었으면 좋겠습니다.

뜨거운 태양과 무더위를 핑계 삼아 내 초라한 나날들이

벗어던진 옷가지 속에 숨어들 수 있게…

내가… 이 세상을 떠난다면 가을이었으면 좋겠습니다.

세상 가득히 아름답고 화려한 단풍과 결실들이

내 것인 양 으스대며 이룬 것 없는 내가

조금쯤 우쭐해하며 떠날 수 있게…

내가… 이 세상을 떠난다면 겨울이면 좋겠습니다.

세상 가득한 눈 속에 게으르고 욕심 가득했던

나를 묻어두고

이제는 달라졌다 변명이라도 해보게…

내가… 떠나는 그 날이 언제인지 모르기에

오늘도 나는 기도합니다.

내 허물이 보이게 해달라고,

내 가슴이 뛰게 해달라고.

오늘도…

하루가 갔습니다.

나답게!

꽉 막혀서 가슴 터질 것 같은 주말의 고속도로

내려가는 길이나 올라오는 길이나

혜숙이의 프로필 생각이 나서

한 장 찰칵!!

그리곤 한참을 큭, 큭 웃었다.

셀카놀이 하기엔 좀 그래서.

그러고 보면 나이라는 숫자에 스스로를

묶어 버리는 일들이 너무나 많다.

나름 그런 것들을 무시하고 개성 있게 산다고 자부하는데도

문득 내년이면

오십… 이란 숫자가 언젠가부터

보이지 않게 조여 오기 시작했었다.

생각의 차이는 얇디얇은 종이 한 장의 차이조차도

커다란 벽을 만들고

넘을 수 없어 보이는 강을 만들어 버린다.

그리곤 알면서도 그 벽에서 빠져 나오지 못하고,

강물에 휩쓸린 채 빠져 나오지 못한다.

아자!!

나는 나.

누군가 뭐라 해도 그냥 나.

꽉 막혀 답답한 도로를 운전하며 배운 건

느리던 빠르던 목적지는 같다는 것

어떻게 살던 내 관점이 중요하고

어떻게든 시간은 흐른다는 사실.

나는 지금 내 집에 있다.

비 오는 날

아파트 18층… 바람 소리가 요란하다.

투닥투닥… 창가로 부딪쳐오는 빗소리가

참 반갑고 시원하다.

화분들 중에서 비를 좋아하는 녀석들만 골라

화분걸이에 내놓고 비를 흠뻑 맞게 했다.

밤새 비를 맞으면 뿌리부터 썩는 다육이들은

비를 피한 채 습기만 느끼게 해줬다.

참 신기하게도 화초들은 비를 맞고 나면

더욱 윤기가 나고 건강해진다.

아무리 잘 챙기고 손질해줘도

비를 한번 맞은 아이와 그렇지 않은 아이의

차이가 확연한 걸 보면서

비 오는 날은 아이들의 자리 배치를 다시하고,

비 맞는 순서…시간을 정하고 옮겨 주느라

너무 바쁘다.

너무 굵은 빗줄기나 강한 바람을 타고 쏟아지는 비는

도리어 아이들의 잎을 찢거나 가지에

상처를 남겨서 반갑지가 않다.

소리 없이 내리는 비,

바람 없이 내리는 비가

가장 반갑고 예쁘다.

잎사귀와 줄기를 깨끗이 씻어 주고,

굵은 빗방울로 화분의 흙을 파헤치지도 않고

화분 속 흙까지 충분히 적셔 주는 그런 비가

참 예쁜 비다.

그래서 그런 비가 오는 날은 베란다를 활짝 열어도

다치는 아이가 없다.

나는 어떤 비일까?

딱지

수술 자리에 앉았던 딱지가
옷이 스칠 때마다 가슬가슬 하더니
똑똑 떨어져 내린다.
손톱 끝보다 작은 요 녀석들이
그동안 내 상처들을 덮어주고…
안으로, 안으로 달래주고 있었다.
팔과 어깨는 여전히 부자연스럽고
만들다 만 인형의 관절처럼 삐걱거리지만
이제는 참을만하지?
잘 견뎌보라구!‥하며
찬바람에 낙엽 날리듯
내 어깨 위에 제가 머물던 자국만 남기고
떨어져 버렸다.

문득 그런 생각이 든다.

부모도 자식들에게 이 딱지 같은

존재는 아닐까?

덧날까. 탈날까.

품에 안아들이고, 키우고, 제 몫으로 설 때까지

노심초사하다 어느 순간

제 자리로 한발 물러서는 그런 마음.

가을은 가을이다.

상처 딱지 하나로도 생각이

이렇게 많아지니

메마름, 슬픔

요즘은 어디를 가든 꼭 챙기는 게
하나 있다.
가방 속이나 겉옷 주머니 속에
작은 로션 병을 하나씩 넣어두곤 틈나는 대로
바르는 습관이 들어 버린 것이다.

어릴 적 발에 어쩌다 땀이 차서 짜증을 내면
엄마는 그게 좋은 때란다… 하였었다.
손발에 땀나는 게 왜 좋은 건지는
너도 나중에 알 거야… 그랬는데…
어느 순간부터인지 신발 속에서
양말이 밀리고 벗겨지더니
이젠 로션에 크림에 오일을 발라도
물만 툭툭 털어내고 돌아서는 딸아이의

피부가 부럽고 예쁘기만 하다.

하루에도 손을 씻을 일이 수십 번이고 보니

손 닿는 곳곳에 로션 병이나 크림 통이 가득하다.

무심결에 깜빡 잊었다가도 건조해지는 피부의 버석함에 놀라

얼른 로션 병을 집어 든다.

이제는 수분과 유분이 친구고 애인 같다.

그래서 사우나에 나이든 여인들이 가득하고

촉촉해요…

한마디에 지갑을 열어 대는지도.

몇 년째 좋아하는 퍼퓸오일을 선물해주는 친구와

보습력 최고라는 크림을 챙겨주는 동생,

촉촉해진다는 영양크림을 보내준 언니까지

덕분에 아직은 조금 크게 웃어도 될 듯^^

모두들 땡큐 ~~

잠 오지 않는 밤

어느 잠 안 오는 밤.

뒤척이다가 딸아이와 그리고 동생까지

핸드폰으로 지나간 내 십대와 이십대의

음악을 들었다 .

카펜터스‥이엘오‥레너드 코웬‥비틀즈‥

목소리가 그 어떤 악기보다 뛰어난

음악들.

어느새 잠은 더 멀리 달아나고

음악을 듣던 그 시절의 추억과 마주 앉았다.

딸아이가 우리의 음악 속으로

풍덩~ 들어오고

카펜터스의 음색에 반해 버렸다.

자신의 엠피와 핸드폰에도 다운 받겠단다.

한 밤에 음악으로 공유하는

세대공감.

가끔 잠이 안 오는 것도
이렇게 좋을 때도 있다.

숫자, 나이, 나이 듦

1961년 11월⋯

언제나 그 두껍고 묵직한 책의 무게와

손끝으로 잠자리 날개만큼 얇은

책장을 넘기며

깨알처럼 인쇄된 활자에 매료되곤 했던

아버지의 책장에서 가장 탐났던

내 유년의 보물.

단어 하나하나의 뜻을 알아내던 희열과

뭔가 중요한 일을 하는 듯⋯했던⋯

지금은 볼 수 없는 제본 방식과

지질이라 낡고 닳아버린 상태가 염려스러워

고민 끝에 랩으로 책을 부분이나마 감싸기로 했다.

치통환자가 턱 아래에서 정수리로 올려 묶듯

책을 두어 번 감싸고 보니

조금은 미안하고 안심도 된다.

필요하면 풀어 볼 수도 있고

더 이상 책표지가 떨어질듯 위태롭지 않아

다행이고

혹여 꺼내다 책을 다칠 염려도 덜고…

아버지가 처음으로 벼르고 별러

소장하셨던 국어 대사전이고

방바닥에 엎드려 뒷장이 비치는 종이에

깨알 같은 글자들이 좋아 읽고 또 읽었던

추억이 새로워

더는 낡고 헤지지 말라고

책은 1961년,

나는 1964년…

우린 사이좋게 늙고 있다.

지하철 풍경

숨이 막히게 붐비는 지하철, 구멍처럼 비어진 공간으로

사람들의 시선이 바늘처럼 쏟아진다.

잠시 타고 내리는 이들을 쏟아 내는 역마다

사람들은 자신의 걸음보다 빠르게

빈자리를 찾아내곤 반걸음쯤 먼저 내닫다가 흠칫 놀라… 돌아 선다.

잠이 든 그는 동그랗게 말아서 벗어 놓은 양말처럼

보이지 않는 시선들을 느끼는 듯 더 깊이 몸을 말아 들였다

입술까지 내려 쓴 모자 아래…

시간인지 아픔인지 잔뜩 끼어있는 손톱 틈의 때와

꺾어 신고 있는 작은 신발 뒤축 뒤로

밀려 나온 그의 뒤꿈치에 자꾸만 눈이 갔다.

손가락이 움직이고 자꾸 깍지를 끼는 모습이

잠에서 깨어난 지는 한참인 듯싶다.

다만 그가 그 자세로 그냥 그렇게 있는 건 더는 시선을 끌기 싫어서

이 따뜻함을 두고 거리로 나서기엔

너무 매서운 추위에 얼었던 몸의 진저리는 아닐까?

겨울은 누구에게나 춥다.

술 한 잔의 느낌

술을 마셨다.

알코올은 빠르게 내 혈관을 따라 흐른다.

네온사인에 불이 켜지듯 나는 살아난다.

감각이 흐르고 혈관이 피를 부른다.

아기의 뺨 같은 부드러움을

손아래 피부에서 느끼고

나는 나른하다.

감각이 깨어나면 나는 살아 있는 생명이다.

거짓은 거짓이라 말하고

말하고 싶은 말을 한다.

그게 참이다. 그게 내 술잔의 비움이다.

나른하고 좋다.

술을 마시면 감각이 빠득빠득 살아난다.

나, 여기 있다.

나, 여기 있다.

난 살아있다.

발이 시리다

발이 시리다.

언젠가부터 얼음장처럼 시린 발이

자꾸만 이불속에서 오그라들고 양말이라도 신지 않으면

그 시려움에 잠을 깨고 몸까지 떨린다.

내 몸을 지탱하는, 나를 서게 하고, 걷게 하고, 뛰게 하는

이 녀석에게 내가 그동안 무심했다 반성하게 한다.

영양크림이며 마사지며 얼굴을 매만지고 정성들일 때

내 발은 그 흔한 로션하나 만나지 못하고 혼자였다.

외출 후에도 각종 크린싱에 화장품으로 얼굴을 토닥이면서도,

물 한번 뿌리며 비비적거리는 게 발에게 해준 모든 것이었다.

목욕이라도 하는 날,

오일 바르고 남은 손이 한번 만져주는 게 고작인

이 녀석이 이젠 더 이상 이럴 수는 없다 반항하는 건지…

우리 삶에서 곁에 있어 너무나 당연한 것들의 소중함을

이제 시리고 차가운 푸석하고 거친 발에서 돌아보게 된다.

파랑새가 숨어있는 곳이 내 가슴속임을 모르고 살아온 날들처럼

시린 발 하나에 많은 생각을 했다.

끄적끄적

참 많은 생각들이 머릿속을 헤집는다.

달랑 맥주 한 캔인데 생각들의 실타래가 풀리고 정리를 해주는 걸 보면

ㅋㅋㅋㅋ… 난 주당인가.

어릴 적 아마 열여섯, 그때쯤에

나는 여자 나이가 40대면 죽은 나이라 생각했다.

여자가 아닌 인간… 단순한 생활기능만 있는 뭐 그런…

그런데 내 나이가 40대하고도 7을 더하고 보니

그때의 내가 앞에 있다면 시원하게 따귀 한대 올려붙이고 싶을 만큼

난, 살아있다.

쇼윈도의 저 옷들이 아름답고, 예쁜 십대, 이십대의 몸매에 질투도 나고,

그녀들의 유행도 보이는데 …

꿈을 꾸면 발이 붙어 뛸 수 없듯이 난 여기 서서, 어머, 어머…한다.

아름답다. 세상이, 그녀들이.

거울 앞에 선 나는 세월을 거스르고 싶어 한다.

내 나이 듦이 조금은 서럽고 조금은 불안하다.

세상에서 밀려나는 느낌이 들까 봐, 세상을 이해하지 못할까봐, 그 언어들속

에서 소통하지 못할까봐…

사실 난 멋진 나이테를 꿈꿔왔다.

세월의 선물인 은발을 그대로 가지고 내 나이가 어떻든

청바지를 입을 수 있는 꿈을 가져왔는데…

거울속의 나는 자꾸 주눅 들고 자존감에 상처를 입는다.

한 캔을 비워낸 맥주처럼 자꾸 비워져가는 그건,

나일까 내 나이일까

사랑한다

하루 종일 가슴이 먹먹해

젖은 휴지처럼 시간에 붙어

하루를 보냈다.

이유 없이 늘어지고 주책처럼 눈물이 나서

나이 마흔 여섯에 노망인가 싶어…

전화기를 잡고 주절거리던

친구와의 대화 속에서

아들 녀석 친구의 맘 아픈 이야기를 하다

또 울컥하며 내 마음을 보았다.

스무 살 상주…

녀석의 선한 눈망울이

가슴 가득 내려 앉아 며칠을 이리도 먹먹했구나… 싶다.

벌써 알아버린 녀석의

그 이별은 준비도 없었을 텐데.

내 삶이 퍽퍽하다 불평했던

하루하루가 사치였음을 반성하고

녀석에게 기도를 보냈다.

사랑한다.

사랑한다

사랑한다

그리고 사랑하기를…

지금 힘겨운 네 삶을 꽉 안아서

더는 네게 힘겨움을 줄 수 없게

네 것으로 만들기를.

새벽에 나선 길

어스름도 안한 길 위에 나선 등 뒤로

찬바람이 달려듭니다.

새벽의 한기가

자신도 모르게 떨리는 온 몸으로

와다닥 와다닥 튀어 나옵니다.

춥다는 말이 맴돌기 무섭게

서둘러 가는 당신의 뒤에서 기도만 합니다.

오늘의 맘으로 앞으로 살아갑시다.

마음에 글쓰가…

아이들에게 잔소리하고

글을 들여다보며 십년을 살았는데도

내 글은 퍽퍽하고 뻣뻣하기가 그지없다.

사는 맛이 배어들어서 알까?

웃음을 자꾸 잊어서 알까?

작은 아이가 잠시 없는 이 집안의 공기가 그렇고,

마음자락이 횅하다.

놓치고 산 날들 속에 두고 온 찌꺼기 인양

내 그림자도 보이지 않는데

짐짓 다 산 듯 까부는 내 모습이 초라하다.

체면 때문에 웃고,

안 그런 척하는, 또 그런 척하는 내가

오늘은 온전히 나이고 싶다.

블로그에 글을 써보라는 아들 녀석의 말에

컴퓨터 울렁증을 극복하기로 마음먹던 순간…

잠시나마 기쁜 마음이 들었다.

온전한 내 공간…

내 방이 처음 생긴 아이 같은…

  그래 해보자

자축

때론 이런 기분이고 싶을 때가 있다.
번잡한 것들로부터 한 발자욱 떨어져서
뒤돌아보는 관망자 같은 시선… 으로.
나와 삶과 나이를 시간을.
유난스러울 것도 없는 지금의 나를
백지 한 장 앞에 두고 생각에 잠기듯.

너구나. 잘 지내니?
마음에 담지 마.
널 믿어봐.
건강하렴.

독백하듯 바라보는 나를 향한 마음.
다독이는 마음 고백.

나를 세우는 꿈

어느 날 문득… 무언가를 배우고 싶다는 욕구에

시작한 공부가 너무 즐겁다.

어깨 빠져가며 배웠던 도자기,

혼자 신나서 땀 흘렸던 헬스, 수영,

억지로, 억지로 배웠던 골프와는 다른 뿌듯함.

한참 어린 친구들과 뒤섞여 수업을 듣고,

엄마뻘의 언니가 되어 수다를 떨며 배우는

살아서 파닥이는 즐거움에

나는 어느새 새로운 꿈을 꾼다.

왜 좀 더 일찍 게으른 껍질을 깨지 못했었는지

후회만 가득하고…

그래도 꿈꾸는 공부.

새로운 계획 두 가지.

삼년을 목표로 도전, 도전

해 보자고!

그냥, 그냥‥꽃이니까 좋아

이유가 왜 필요할까?
그런 건 군더더기처럼 필요 없고
그냥 빛 고운 미소가 좋을 뿐이지 뭐.

늦가을, 초겨울 앞에서

밤늦도록 세차게 불던 비바람 때문인지

거리 가득 노란 은행잎이 카펫처럼 깔렸다.

조금은 이른 아침 시간이라 그런지 밟혀 짓이겨지지 않고 소복하게 쌓인 채

바람에 이리저리 쓸려가며 팔랑거리는

빛깔 고운 잎들이 가득한 거리가 바라만 봐도 마냥 푸근하고 좋다.

잠시 숲길을 걷는 기분이고 싶어서

두툼한 낙엽더미만 골라가며… 사박사박.

발걸음이 다른 날보다 느릿해지는 아침.

바쁘게 걷는 사람들 속에서 노란 은행잎을

줍는 어느 아주머니와 눈이 마주쳤다.

잎 하나를 집어 들고 손가락 끝으로

뱅글뱅글 돌려가며 살며시 웃는 미소와

바람 따라 후드득 떨어지는 잎들을 눈길로

따라가며 하늘을 올려다보는 모습이 곱다.

흰머리가 섞인 뽀글거리는 파마를 한 그녀도

오래 전엔 소녀였을 것이고 나도 그랬다.

이른 아침, 바쁜 걸음들 사이에서 조금은 느린 두 사람이

깊어가는 가을을 만나듯 짧은 순간 나눈 교감이 색 곱게 깊어졌다.

꽃은 꽃이라 좋다

생각지도 못한 꽃다발을 받는 기분.

역시 좋다.

이런저런 이유로 가라앉은 날 위해

준비한 친구의 서프라이즈…

이런 꽃을 받아본 게 언제였는지

까마득해서인지 조금은 낯선 듯 반갑다.

꽃다발을 놓아둔 병원식당 식탁의 밤이

오늘은 어느 곳도 부럽지 않다.

짧은 점심시간을 내어주고 꽃다발까지 안겨준 꽃 같은 친구 덕에

찌뿌둥했던 가을날의 하루가 너무나 맑아졌다.

가장 예쁜 크리스털 화병에

자리 잡은 꽃들이 가을날에 충만한

행복으로 집 안을 채워준다.

어디다 놓아둘까?

이 곳 저 곳을 옮겨 놓으며 한걸음 뒤에서

지긋이 바라보는 재미도 좋고.

꽃은 꽃이라 그냥 예쁘고 좋다.

친구도 친구라 그냥 좋다.

그냥 꿈꿔보는 여행

어디든 좋겠지.

오래전 지나왔던
조금은 낯선 도시들이 그립다.

어스름 새벽.
피곤하지만 일정을 체크하며 일어나
하루를 시작하는 그런 여행도 좋고.

그저 창문을 열고
이른 숲의 향기를 숨 쉬며
당장 할 게 없는 나른한 편안함으로
커피 한 잔 마시는

비 오는 거리도 발길 닿는 대로

이리저리 걸어보고

그저 마음을 끄는 곳에 들어가

술 한 잔, 밥 한 끼 하는

그림 같은 곳들을 찾아

철푸덕 주저앉아 시간이야 가든 말든

꾸벅꾸벅 졸아도 보고

계절에 푹 빠져들어

나이도 나도 오늘도 잊으며

내가 단풍인지, 내가 낙엽인지

그냥 그렇게 흐르며

쉬는 그런 여행가방 하나가 그립다.

지금이 아닌 곳에서 지금의 나를 벗어낼 곳으로

푸른 밤.

내가 꾸는 꿈.

벚꽃유감

벚꽃이 흐드러진 아침,

습관처럼 들여다보는 카카오 스토리에

안부를 묻다가

해 저문 공원, 벚꽃 아래에서 반가운 얼굴을 만났다.

밥으로 시작해서 술잔의 부딪침으로

붉은 낯을 마주하며 조금은 풀어지는 일상이 즐겁다.

목 넘김이 좋아서

별스럽지 않은 농담에 웃음이 헤풀어지고

마주한 얼큰한 얼굴들이 좋아

그냥, 그냥…

몇 번을 부딪쳤을지 모를 술잔과 비워진 접시들.

사람이 좋은 건지

사람에 취한 건지…

얼굴을 마주 보고 킬킬대며

거리로 나선 길, 봄비가 내린다.

봄 / 비 / 는 / 해 / 마 / 다 / 좋 / 다

흐드러진 벚꽃이 안개비가 되어 흩날린다.

한 해 살이 같은 내 감상이 요란스럽다.

그래도

불러 낼 누군가가 있고

불러 줄 누군가가 있어

봄비를 어깨에 얹고 돌아오는 길이

행복하다.

혼자 하는 생각

참… 마음이 춥다.

분명히 내게 돌아갈 집과 가족이 있는데도

숨 가쁘게 지치고 외롭다.

산다는 게, 이런 힘겨움 가득한 파도의 연속인줄 알았다면

난 혼자 살았어야했다.

내 뱃속에서 나온 새끼들을 책임지고

지켜내야 하는 숙제만 아니라면

나는 지금을 지워버렸을지도 모른다.

낚싯줄에 걸려 파닥이는 내가 아프다.

그냥 온 몸에 힘을 쭈욱 빼고 말라가든 늙어가든…

툭 던져 놓고

티베트 고원의 독수리 앞에 조장을 치르듯

넋 하나만 남겨

바람에 흩날리듯 너울너울 날려가고 싶다.

다음 생이 있다면 머물지 않는 자유로 살고 싶다.

매인 사람 … 질긴 인연 만들지 않고

홀로 선 사람이고 싶다.

일 년 내내 차가운 게 좋아

취향이란 게

지극히 개인적이고 나름의 고집이고 보면

난…

추위를 누구보다 심하게 타고, 찬 겨울바람에

알레르기까지 생겨 고통스러워하면서도

마시는 것만큼은 뜨거운 걸 못 참겠다.

찬바람이 부는 계절이 시작되면

몇 겹인지 모르게 두툼하게 겹쳐 입고,

온 몸을 둘둘 말아가며 소라게처럼 꼭꼭

옷 속에 숨으면서도 언제나 이러니.

식사는 뜨끈함이 주는 만족감이 좋아서

상 위에서 펄펄 끓여내던, 담겨 나오던 가리지 않고

후후 불고 뜨거, 뜨거 하면서 잘도 먹어대는데…

마시는 것만큼은 늘 차갑게

차가워야 마음도 편하고 뭔가를 제대로 마셨다는

만족감을 느낀다.

오늘은 한번쯤?

하는 마음에 어쩌다 뜨거운 것을 선택해도

손끝에 남는 온기와 진하게 퍼지는 향기만 좋을 뿐,

정작 뜨거움이 사그라지어야 입에 대는

이 버릇은 쉽게 고쳐지지 않을 것 같다.

그러다보니 어디를 가든 날 좀 안다는 이들은

찬 거! 아이스 ! 얼음 많이!

맞지!!

오늘은 딸아이를 기다리며 혼자 시간을

보내야 했다.

처음 와 본 곳의 낯설고 추운 거리에서

카페 간판을 찾아 두리번거리면서 머릿속으론, 뜨거운 코코아, 거품 가득한

카푸치노, 부드럽고 따뜻한 라떼를 상상했는데 카페를 찾아내고

카운터 앞에 서는 순간 습관처럼 주문을 했다.

샷 추가하고 사이즈 업해서 아이스 아메리카노 한 잔.

손끝이 아릿할 만큼 시리게 차가운
커피를 마시며 혼자 행복하다.
좋다. 살아있다는 기분.
혈관을 타고 흐르는 수액 같은 기분.
ㅎㅎㅎ
궤변인데도 혼자 좋은 이 기분에 풍덩 빠져서
마냥… 좋다.
나이가 더 들어 이가 시리고 손끝이 떨려야 그만둘까?

그 때는 아직 오지 않았고
지금은 이렇게 즐기는 차가움이 좋다.

가을비가 오는 날에

뜻밖의 시간에 전화를 받는 순간,

그냥 느껴버린 마음.

속이 상하고 아픈 친구와 함께한 오후.

들어 주고 맞장구 쳐주고 끄덕이고…

커피가 두잔, 맥주가 한잔.

그냥 그렇게 수다를 떨고

손잡고 윈도우 쇼핑을 하고

딱히 살건 없어도, 원단이 어떻고 디자인이 어떻고

둘만의 품평회가 기분을 다독여 준다.

저건 큰 애가 입으면 예쁘겠네.

낡아서 바꿔야겠던데.

새로 하나 더 사야겠는데.

어느새 자식들을 위한 걸음이 반을 넘었다.

화가 나서도 속이 상하고도 그저 바보처럼

맴 도는 건 가족이라는 테두리 안에서

제자리걸음이다.

조금은 맑아진 그녀와 작별을 하며

비가 그치고 단풍이 고운 날에 드라이브를 약속했다.

산을 좋아하는 남편들은 등산을 하고

그녀와 둘이서 산 아래 찻집에서 차를 마시고

가볍게 산책을 하며 두런두런 이야기 나눌

가을볕 고운 날을 기다려 봐야겠다.

친구, 잘 자.

여름아침 손님들

오늘 아침에만 네 번째 손님.

알람 소리보다 먼저 찾아 와서 울어대는

요란한 부산스러움에 아침밥이 유난히

빠른 하루의 시작이 됐다.

아파트 18층, 높다란 곳의 방충망까지 날아 올라와

누군가를 부르는지 나 여기 있어요… 목청 높여 노래한다.

반갑지도 않은데 벌써부터 시작된

녀석들의 떼 창이 너무 요란하다.

한 여름의 무더위만큼 힘든 녀석들의 활기.

지루하고 지겨웠던 장마에 지쳤던 땅 속

길고 긴 기다림을 보상 받으려는 듯

녀석들의 노래가 오늘도 하루를 꽉 채우려나 보다.

그래. 울어라.

덕분에 오늘 하루는 참 덥겠다.

봄날의 어느 하루

감사하고 행복했던 시간.

학교 교지를 만든다는 이유만으로

뭉쳐 다녔던 우리들이, 호숫가에 둥지를 튼 후배부부의 초대에

세월을 뛰어 넘어 설레는 맘으로‥달려가

장작불 앞에서 추억을 줍고

웃음을 나누고

쉼 없는 배려로 낯선 이들을 품어 준

후배의 아내 덕에 꿈같은 1박 2일을 보냈다.

짧게는 몇 달 길게는 이십여 년 만에 만났어도

야~

어~~

한마디에 바로‥지금‥순간이 되어버린

감사한 시간.

새벽까지 거실을 차지하고

앰프의 목청을 돋우며 음악을 듣고

비스듬히 제멋대로 자리 잡고

세월을 걷어 들이는 이야기 속에

가슴이 장작불보다 뜨겁다.

눈꺼풀이 쏟아져 내릴 때까지

베개를 맞대고 수다를 떨다 잠든 친구와

늦잠에서 깨어나

유기그릇으로 차려 놓은 정갈한 밥상을

받고 보니… 미안하고 감사하고.

봄날의 긴 외출을 마무리하고 돌아오며

새삼 다짐 해 본다.

잘 살았구나!

잘 살자!

비 오는 날에

비가 옵니다.

아무 준비 없이 나선 길에 비가 옵니다.

낮게 드리웠던 하늘을 무심히 보아 넘겼다가

비를 만났습니다.

우산을 사서 펼쳤습니다.

투명한 비닐우산 위로 비가 내립니다.

빗속에 그대로 서 있는 듯 투명한 우산입니다.

투탁, 투탁… 빗방울은 비닐 위로 떨어져

잘게 부서지다 구르고, 흐르다

우산 끝에서

뚝뚝 떨어집니다.

사는 게 우산 속 같습니다.

제 한 몸 가린 세상이 다 인줄 알고

복닥대는 어항 속 물고기 같은

햇살에 빛나는 비늘이 자랑인줄만

알았습니다.

투명한 비닐 너머

하늘은 참 넓고 높습니다.

그냥 보아 오던 저 하늘이,

우산 하나를 만나니 의미가 달라집니다.

발

발가락을 바라봅니다.

꼬물거리던 순간부터 지금까지

함께 수많은 길을 걸어 온

발이

참 외로워 보입니다.

건조하고,

억세고,

툭 불거진 마디까지…

보이지 않는 곳이라 소홀히 대한 시간들이

고스란히 답안지처럼 보입니다.

그래서 온전히 제 모습입니다.

거울 속 화장을 벗겨 낸

내 모습처럼,

부끄럽지만 초라해도 고마운 제 발입니다.

이 봄이 지나고 다가 올 여름날에는

좀 더 당당한 맨발이고 싶습니다.

사랑초

종이컵만한 화분에 담겨,

아파트 담벼락 아래에서 만났던 녀석이

어느새 24년을 함께 한 가족이 되었다.

조금씩 제 식구들을 늘리고

귀여운 구근들을 살찌우더니

이젠 제일 크고 널찍한 화분을 차지하고 있다.

나비의 날개 같은 자줏빛 세 쪽 잎사귀는

햇빛을 따라 접혔다 퍼지며 부지런히 해바라기를 한다.

연하고 가느다란 줄기 끝에서

어린 소녀 같은 꽃들도 함께 해바라기를 하며

창밖을 향해 기도하듯 피고 진다.

항상 겨울엔 꽃잎도 잎사귀도 거두어들이고 계절을 나더니

웬일인지 지난 겨울은 숨막히게 화분 가득

꽃잎을 피워냈다.

온 세상을 덮을 듯 내리던 눈송이들과 만난

이 녀석의 연한 분홍빛 꽃잎들은

더욱 더 아련하고 가녀렸다.

여리고 고운 꽃잎이

피고 지는 녀석의 이름은

사랑초…

율마를 자르고

한참을 망설이고, 주저하다 가지들을 자르고
그 단단하던 뿌리마저 뽑아냈습니다.

한 뼘 크기의 율마를 선물 받아
해가 바뀌는
네 번의 햇수만큼 키워냈는데
무심함에… 게으름에…
온 몸을 말려가며 죽어 버렸습니다.

뿌리만 남고 시들었던 아이들이나,
온 잎을 떨궈내고
가지마저도 바싹 말라 버렸던 아이들도
새잎을 올리게 키워 낸 자신감을

이 아이는 비웃기라도 하듯

하루하루 메마르기만 하더니

이젠, 빈 화분 아래 누워있습니다.

잘라 낸 줄기를 들여다보니

속이 새까맣게 타 들어가

얼마나 진저리나는 고통을 겪었는지 말해 줍니다.

지나친 관심이든 외로움 가득한 무관심이든…

사람이나 식물이나

저렇게 제 몸을 태우고 아프게 하긴

마찬가지인가 싶습니다.

오늘 아침 율마를 잘라 낸

양 손 가득 율마의 향기가 가득합니다.

이젠

누구도 아프게 말라는 당부의 말처럼…

늦가을 편지

비바람 타고 날아 든 가을 편지.

베란다 유리창에 붙어있는

노란 은행잎 한 장.

언제 찾아 들어 눈 맞추길 기다렸는지

빗물 얼룩진 유리창에 혼자 외롭다.

그래도 반가운 편지에

마음 설레듯 반갑고 놀라운 이벤트.

추억 만들기, 기억하기

바닷가에 가고 싶다는 딸아이의 말에

좋은 엄마 코스프레하듯 대답을 했지만 사실 내 기분이 더 들떴다.

아침 일찍부터 부지런을 떨어가며 급한 일부터 서둘러 마무리 짓고,

점심으로 김밥까지 가방에 챙겼다.

먼 곳으로 여행을 떠나듯 들뜬 기분으로

유치한 말장난을 주고받으며 인천대교를 이륙하는 활주로처럼 달렸다.

그런데, 톨게이트가 가까워져서 요금 낼

준비를 하는데 카드가 보이질 않았다.

항상 핸드폰 케이스 안쪽에 꽂아 두는 습관대로

당연히 있을 거라 믿었는데, 헐!!!!

머릿속이 하얗게 변하고 가슴만 콩닥대며

정작 나오는 말은, 어… 어…

출발 전에 병원과 약국, 은행에서

사용한 것까지는 분명한데 도대체 그 다음이 기억이 나질 않았다.

그나마 평일 한낮의 복잡하지 않은 톨게이트였기에

비상등을 켜고 갓길에 정차를 했다.

가방을 뒤집어 탈탈 털어도 보고,

좌석 아래까지 꼼꼼하게 뒤졌지만‥없었다.

하루의 일정들을 하나하나 짚어가며 생각을

정리 하다 보니 흘려버린 게 아니라 어딘 가에다 두고 온 게 분명했다.

병원 다음이 약국이었고 그 다음이 은행.

딸아이가 순서를 짚어가며 챙겨주는 대로

담당 직원에게 몇 시쯤 방문했던 누구라고,

혹시 길 잃은 카드 하나 없냐고 물었더니

"어머나, 어머나!"

나보다 더 놀란 은행 직원의 목소리에

다행이라고 서로 웃으며 마무리는 했는데

이젠 톨게이트 요금이 문제였다.

목적지를 코앞에 두고 만이천원이 없다니.

달랑 카드 하나만 챙겨들고 나선 길이라

차를 되돌릴 수도 없고, 요금정산소 직원에게

집에 가서 입금해 드릴게요.

사정이라도 말해봐야 하나 어쩌나 망설이다가

습관처럼 재떨이 통에 넣어 둔 동전들을

탈탈 털었는데도 오백 원이 모자랐다.

요금도 내야하고 물이라도 한 병 사야 하니까

어차피 모자란 동전은 그냥 쓰고 사정을 말해야겠다 싶었는데,

딸아이가 카박스를 뒤적이다가

"엄마, 돈이다."

돌돌 말린 천 원짜리 세장이 쿠폰 지갑 틈에

보물찾기 쪽지처럼 숨어 있었다.

"와!! 어, 또 있어. 만이천 원이나 되는데. 부자야, 우리."

만 오천에 동전이 잔뜩이라니 ㅎ

갑자기 거지에서 벼락부자가 된 듯한 기분이 이런 걸까?

개콘의 한 장면 같은 상황과 반전에

요 근래 들어 이렇게 웃어 본적이 언제였나 싶을 만큼

한참을 배가 뻐근해지게 웃었다.

자기가 찾은 지폐가 대견하고 뿌듯한지

아이가 떠드는 공치사가 모험담쯤으로 변하기 시작했다.

엄마는 항상 비상금 챙겨 두잖아.

핸드폰 케이스 뒤에도 넣어 놓고.

여기 쿠폰 지갑이나 선글라스 케이스 틈에도 자주 끼워 놓고.

그 생각이 나서 혹시나 해서 열어 본거지.

근데 진짜 있는 거야, 그래서 또 있나 또 뒤지니까

만 원짜리 끝이 살짝 보이는데…와.

분명히 돈은 내가 넣어 뒀는데 딸은 자기의 관찰력 덕이란다.

뭐 딱히 틀린 말은 아니었지만.

그러고 보면 비상금을 챙기는 습관은 아버지의 가르침이셨다.

어린 시절부터 나이에 맞는 지폐 한 장을

작게 접어 지갑 안쪽이나 나만 알 수 있는 곳에

넣고 다니라시며, 언제든 급한 일이 있을 때만

꺼내 쓰라고 당부하였었다.

어린 마음엔 용돈이 아닌 공돈이 더 생긴 게 좋기만 해서

용돈이 떨어지면 군것질 값으로 홀랑 써 버리곤 했었다.

가끔씩 검사를 하셨지만 무안한 얼굴로

헤헤거리는 내게 절대로 화를 내진 않으셨다.

"이건 비상금이라니까. 비상금."

대부분 다시 채워주신 비상금은 칼국수, 붕어빵, 핫도그 값이 되고

교내 매점의 과자값이 되었지만

아버지의 말씀은 대학에 다닐 때도 계속되었다.

가끔 용돈에 비상금까지 다 써 버리고

버스표만 달랑 몇 장 들어있는 빈 지갑을

챙겨 나가다가 아버지와 눈이 마주치면

씨익… 웃으시며 손가락을 동그랗게 말아

눈가에 대고는 엄마가 모르게 사인(sign)을 보내셨다.

엄지와 검지가 동그랗게 말리고 새끼손가락이 하나 펴지면

만원, 약지까지 펴지면 이만 원…

그건 아버지와 나만의 신호였다.

학생증 뒤에 착착 접혀져 감춰진 네모난 만 원짜리에

난 그냥 나만 더 챙겨주시는 용돈 같아서 좋았고

덕분에 내 대학생활은 나름 풍족하고 신이 났었다.

대학을 다니는 동안 비상금의 대부분이 술값이 되었지만
그래도 아버지의 말씀은 한결 같으셨다.

"비상금 챙기는 습관은 잊지 마.
특히 여자에게 비상금은 꼭, 알았지!"

그런데 언젠가부터 습관이 되어버린
비상금 숨기기는 내 특기가 되어버렸다.
다람쥐가 알밤을 숨기듯 요기조기 챙겨 두는 기발한 방법에
다들 재미있어하고 신기해한다.
아이들에게도 왜 비상금이 필요한지,
때와 장소에 맞게 어떻게 숨기거나 챙겨야하는지 자꾸 강조하게 됐다.
유학중인 아들 녀석이 그 곳 친구들에게
우리 엄마의 노하우라며 비상금을 숨기는 방법 중
몇 가지를 알려줬더니 다들 여행할 때
써 봐야겠다고 재미있어할 만큼 노하우는 점점
다양하고 기발하게 발전을 했다.

이번처럼 가끔 기억을 못할 때가 생긴다는 게

문제라면 문제지만.

그런데 얼마 전에 엄마와 이런저런 이야기를 나누다가

용돈에 대한 아버지와의 추억을 말씀 드렸었다

손가락 신호가 어떻고, 엄마한테 들킬까봐 아슬아슬 했다고,

동생들 모르게 정말 재미있었다고…

빙그레 웃으시던 엄마는

"너에게 준 비상금이 아버지 용돈이셨어.

아마 네가 아버지 용돈을 거의 다 썼을 걸.

내가 그러지 말라고 말려도

네가 좋아하면서 웃는 게 예쁘다고, 모른 척하라고 그러더라.

학교 선생 월급에 학생이 셋인데, 2년 터울에

너희 셋이 한꺼번에 대학을 다닐 때도 있었으니

아버지 용돈이라고 해도 너희들보다 많진 않았거든.

아마 제일 적었을지도 몰라.

도시락까지 싸 가지고 다니셨으니

버스비에 담배값 빼고는 거의 쓴 게 없으셨어.

그렇게 아껴서 너 준거야."

그 말씀에 온 몸에 소름이 돋고 오그라드는

기분이 들었다.

미안하고 죄송하고 염치가 없어서.

언제나 그래그래 웃으시며 내어 주기만 하셨던

아버지께 난 돌려 드린 게 아무 것도 없고,

그럴 시간도 없이 떠나신 빈자리가 너무 커서

마음만 저리고 아렸다.

딸아이와 바닷가를 맨발로 걷고 사진을 찍었다.

각자 찍고 싶은 풍경과 나란히 마주 선 두 발을.

영종도 바다에서 나는 딸아이와 추억을 만들었고

아버지와의 추억을 되짚었다.

전혀 다른 추억들이 만나

새로운 추억을 만든 봄날이었다.